# quien mienta, desaparecerá y morirá

## Peter Raposo

APS Publications

Traducido por Félix Gómez Cabrita

APS Books,
The Stables, Field Lane,
Aberford,
West Yorkshire,
LS25 3AE,
United Kingdom

www.andrewsparke.com

*Para mi madre*

*una historia de ruptura extra dimensional*

«Una vez que renuncias a todo, todo tiene sentido».

M÷

Coventry, mayo 2023.

# Prólogo:

Tanto el confinamiento de 2020 como el fin de mi matrimonio ese mismo año fueron lecciones que necesitaba aprender, pruebas que tuve que soportar para poder volverme un poco más frío y sabio, especialmente en lo que se refiere al amor y a dar. Fueron lecciones duras que me embarcaron en un viaje de años, un viaje a través de la Noche Oscura del Alma, pero en realidad fue un viaje de autodescubrimiento, y por el camino conocí a todo tipo de personajes que nunca habría conocido si hubiera seguido atrapado en ese matrimonio sin amor. Algunas cosas están destinadas a suceder y, después, el escritor debe escribir sobre ello y dejar algún tipo de testimonio, en el que él o ella es el héroe o heroína (o antihéroe/heroína) de una historia de la vida real y, mientras hacemos nuestro viaje a través de este libro llamado Vida, debemos evolucionar como seres humanos y espirituales, aprender las lecciones que estamos destinados a aprender, aprender y evolucionar. Cambiar para mejor y, de hecho, debemos perdonar a aquellos que de alguna manera nos han hecho daño y nos han enviado hacia ese viaje que teníamos que hacer, pero del que ni siquiera éramos conscientes. Y, después de perdonarlos, aunque suene triste, no importa lo mucho que solíamos amarlos, a veces, tras sanar nuestro niño interior, tenemos que dejar atrás a algunas de esas personas, tal vez no para siempre. Tal vez las volvamos a ver en un futuro cercano o lejano, pero mientras sanamos y evolucionamos no podemos estar cerca de aquellas personas que nos han hecho daño o, si viven cerca, debemos encontrar la forma de evitarlos durante un tiempo.

Hojeando notas recientes, me encontré, metafóricamente hablando, viajando en el tiempo (no soy Chance el Viajero del Tiempo; más sobre él más adelante) a una época en la que quería escribir el tipo de libro que estoy escribiendo ahora, pero las circunstancias (y mi pereza) no me lo permitían. En lugar de escribir, pasaba el tiempo y gastaba el dinero yendo de un sitio a otro en busca de las mismas cosas que estoy buscando ahora (algunas de ellas ya las tengo), pero entonces estaba realmente perdido y ni siquiera sabía lo que estaba buscando. Decir que estaba perdido es quedarse corto.

Derrochaba esperma, esperma, saliva, palabras y dinero, yendo a lugares a los que desearía no volver nunca y conociendo a gente a la que desearía no ver nunca, pero estaba tan solo y perdido que buscaba compañía en cualquier parte. Al mismo tiempo, buscaba a Dios y la salvación, rezando casi todos los días, pero ¿cómo puede una persona encontrar la salvación (y a Dios) si nos pasamos la vida perdidos en la oscuridad? Ahora entiendo por fin que muchas veces necesitamos el aislamiento para poder trabajar en nosotros mismos y en nuestros sueños, pero me llevó décadas y un poco de auto terapia aceptar por fin la soledad y el aislamiento.

En 1999, me encontraba en la butaca de un cine con un paquete de palomitas y una Pepsi grande delante, y aunque el cine no estaba muy lleno, me senté cerca de una mujer solitaria, a solo tres asientos de ella. Estábamos sentados justo al fondo, en el centro, sin nadie más en la fila de asientos siguiente.

La película que estábamos viendo era *Eyes Wide Shut*, dirigida por Stanley Kubrick, un director que ha dirigido algunas películas que adoro (*Senderos de gloria, Espartaco, El resplandor, 2001: Una odisea del espacio*, una de mis películas favoritas de todos los tiempos) y otras que no me gustan tanto (*La naranja mecánica, Barry Lyndon*). Se trataría de la última película dirigida por el Sr. Kubrick, ya que moriría, a los 70 años, seis días después de mostrar el montaje final de *Eyes Wide Shut* a Warner Brothers. A lo largo de los años se han escrito todo tipo de rumores sobre esa misma película, llegando incluso a decir que el Sr. Kubrick fue asesinado porque sabía y estaba a punto de mostrar demasiado al público. Algunos incluso llegaron a decir que el Sr. Kubrick estaba compartiendo con el mundo algunos de los rituales de la Mano Invisible; los sacrificios que esta hace a su falso dios.

Aquella noche no vi la película completa. Durante la película ocurrió algo que, ahora que lo recuerdo, me hizo gracia y al mismo tiempo me dio mucho miedo.

*Eyes Wide Shut* es una película larga, y en algún momento la mujer que estaba sentada a pocos asientos de mí soltó un suave gemido, y cuando me volví para mirarla vi que se estaba tocando y que tenía las bragas bajadas hasta las rodillas. La vi en la oscuridad, me miró a los ojos, retándome a unirme a ella. Pasaron unos segundos y ella se apoyó en el asiento, sin dejar de mirarme, complaciéndose y retándome a que me uniera a ella. Como estaba perdido, tan jodidamente perdido, me levanté despacio y estuve a punto de unirme a ella, pero justo entonces sentí que algo me agarraba del brazo izquierdo y me alejaba con fuerza de la mujer. Pensé que uno de los trabajadores del cine nos había visto y estaba a punto de regañarnos y echarnos a los dos del cine, pero cuando me giré no vi a nadie a mi alrededor, ni un alma, nada más que oscuridad. Me quedé no sé cuánto tiempo mirando la oscuridad, mirando sin ver nada. De repente, la idea de unirme a aquella mujer se disolvió. En lugar de eso, salí del cine, casi corriendo, dejando atrás a la mujer, y más tarde, cuando me encontré solo en un parque, rompí a llorar. Ni siquiera sé qué pasó aquella noche, pero fuera lo que fuese, probablemente fue una bendición.

÷

La vida es un viaje, un viaje loco con buenos y malos momentos en medio. Nadie sabe adónde va. A veces siento que somos personajes de un juego. Nadie sabe cuál será el destino final ni qué hay más allá del Velo. De hecho, ahora que lo pienso, algunas personas saben lo que hay más allá del Velo, pero han jurado guardar silencio y solo pueden compartir ese conocimiento con los miembros de su tribu. Sin que seamos conscientes de ello, a medida que avanzamos en la vida, nos dividimos en diferentes tribus y, a veces, dejamos una tribu y nos unimos a otra. Entonces, nos comparten sus secretos; secretos que no son realmente secretos, sino enseñanzas. Se han transmitido oralmente e incluso a través de las escrituras a lo largo de los siglos, pero algunas personas no pueden entenderlas o tal vez requieren demasiado de ellas, por lo que abandonan su tribu y se unen a otra o se convierten en almas independientes en un mundo donde se necesitan otras almas. Otros se pierden en los pecados de la carne y deciden quedarse en el mundo de la fornicación y las drogas, sin saber que, al hacer eso, nunca cruzarán el Velo.

La oscuridad es real. A veces, hombres y mujeres fuertes se pierden en ella, perecen en ella y, más tarde, sus almas nunca cruzarán el Velo. ¿Se les dará otra oportunidad, una oportunidad de resurrección? No lo sé.

Somos los hijos perdidos de Eva caminando en la oscuridad, perdidos en el desierto. Pero, si nos detenemos un momento y escuchamos, si nos desconectamos del mundo en línea y conectamos con la naturaleza, tal vez podamos escuchar una voz, una Voz en la Naturaleza, una Voz que nos guía lejos de la oscuridad.

Fui al pub The Bear and Ragged Staff de Bedworth a comer algo y me senté justo al fondo, en la mesa 5. Mirando a mi izquierda, vi dos libros de una autora llamada Marie Corelli. Nunca había oído hablar de ella. Los libros eran *La vida eterna* y *El átomo poderoso*, ambos de tapa dura y con las páginas amarillentas por el paso del tiempo. Cogí *La vida eterna*, lo abrí y leí el prólogo de la autora. Y mientras mis ojos recorrían las líneas de aquel libro, sentí que no solo estaba leyendo algo escrito para mí, sino también escrito por mí. En la primera frase de su prólogo, Marie menciona la Voz, mi Voz, la Voz que oí en 2021, una «Voz en la Naturaleza». Eso solo me demuestra que todos estamos conectados, y ni siquiera lo sabemos.

La fecha: 11 de enero de 2023. Acabo de descubrir las obras de Marie Corelli.

Vine a Bedworth a comer solo porque tenía que ir al hospital George Eliot a recoger medicamentos y, de vuelta a Coventry, decidí parar en Bedworth y comer algo. Estuve a punto de ir a comer al City Arms de Earlsdon, pero quería "desaparecer" durante un tiempo y evitar ciertas zonas a ciertas horas.

Acababa de terminar mi nueva novela y, mientras me dirigía al hospital, escribí la letra de una canción con el mismo título. Ambas se titulan *cast away your dreams of darkness* (abandona tus sueños de oscuridad). Hablan del amor perdido, de la luz, la luz de Dios, la luz dentro de nosotros, y de cómo debemos volver a creer en el poder del amor.

Amo a alguien, pero la perdí, así que debo retirarme por un tiempo, reflexionar, rezar y esperar. Estuve a punto de volver a tener citas, pero mi corazón aún no estaba preparado. ¿Cómo iba a amar a alguien tan rápidamente después de haber perdido a la mujer a la que amaba?

Había un poco de amargura y frialdad dentro de mí, y no sería justo empezar a salir con alguien y luego mostrarle la peor versión de mí. Así que ahora debo retirarme y esperar. Y mientras espero, debo sanar y borrar ese poco de amargura que tengo dentro de mí.

## Abandona tus sueños de oscuridad.

Abandona tus sueños de oscuridad,
Cree de nuevo en el poder del amor.
Recoge los pedazos de tu corazón roto.

Y corre hacia la luz.
La luz.
La luz.
Plenitud.
La luz está dentro de ti.
El desamor la disminuyó.
pero la fe te mostrará el camino.
E iluminará tu sendero.

Somos niños perdidos en Matrix.
Somos niños en un juego de simulación.
Debemos alejarnos de las pantallas.
Y conectar con la naturaleza, con la luz.

Debemos alejarnos de la oscuridad y conectar con la luz.

El Hijo dijo: "Si no cambiáis y os hacéis como niños, no entraréis en el reino de los cielos".
Si no cambias y no ves la luz, te perderás para siempre en la oscuridad.

Abandona tus sueños de oscuridad.
Vuelve a creer en el poder del amor.
Recoge los pedazos de tu corazón roto.
Y corre hacia la luz.
La luz
La luz,
Plenitud.
La luz es amor.
La luz es buena.
La luz es Dios.

## ~aléjate de la oscuridad~

La oscuridad no eres tú.

Tú no eres la oscuridad.

He descubierto que alejándome del pecado también me alejo de las tinieblas. Un mal pensamiento puede intentar apartarme del camino, pero si me esfuerzo y me concentro en el Señor, siempre consigo alejarme de las tinieblas. Escribí la letra de *cast away your dreams of darkness* mientras paseaba por el cementerio de All Saints, en Chilvers Coton. De repente, se me pasó un mal pensamiento por la cabeza, lo dejé atrás y me dije: «Ve a Dios. ¡Ahora!. Cántale una canción».

Entonces canté las primeras líneas de la canción: «Abandona tus sueños de oscuridad, cree de nuevo en el poder del amor».

Solo lo hice para mí y para Dios, porque no quería volver a caer en la oscuridad.

La oscuridad está en todas partes, incluso dentro de nosotros mismos, pero, como he dicho a menudo, no somos la oscuridad. Somos luz.

Somos la luz del cielo, la luz del Creador.

Mantente limpio, conserva la fe, y cuando cruces el Velo, la luz te guiará y el amor te encontrará. Esto es lo que se enseña en algunas tribus y estoy compartiendo algunos de sus secretos contigo: vuelve a creer en el poder del amor (Dios) y encontrarás la luz. La Luz está dentro de nosotros.


Miro lo que escribí ayer, el año anterior y el anterior a ese... y... Y veo un nuevo yo, el mismo pero diferente, cambiando ligeramente y dejando atrás ciertas cosas.

Es una tarde fría. Pronto me cambiaré de ropa, conduciré hasta la iglesia, rezaré el rosario y entonces será el mismo viejo escenario de los años anteriores, pero diferente. Algunas cosas seguirán igual, pero otras han cambiado. Era necesario un cambio y por eso lo hice. Y sigo cambiando.


Jeff Beck ha fallecido.

Lisa Maria Presley ha fallecido.

Poco a poco, los nombres de tu pasado desaparecen.

Algún día te tocará a ti desaparecer, pero ¿adónde irás cuando el viaje del cuerpo llegue a su fin?


Una tarde fría, pero el sol brilla con fuerza. Miro la hora. Es hora de cambiarme, hora de hacer tantas cosas y tan pocas al mismo tiempo. Es hora de seguir adelante, pero ¿adónde puedo ir?

En una relación sana no preguntas qué está pasando, no lloras y, desde luego, no te preguntas dónde estás.

*Y así, la zorra cabalgó en su unicornio hacia el infierno*; quería empezar una historia así. Sería una loca historia sobre un amor que no existía. Sería una historia de amor extra dimensional. Mejor dicho, una historia de ruptura extra dimensional. ¿Debería escribir esa historia?

¿Por qué no?

Sigue leyendo.

Por desgracia, no hay unicornios, pero el infierno es real.

## 10 de enero de 2023.

Aunque tuvieron algunas desavenencias en el pasado, Logan Paul parece respaldar una de las teorías de Andrew Tate al tuitear: "Matrix es real y más vale que reces para no convertirte nunca en uno de sus objetivos".

¿Se refiere Logan a la Mano Invisible?

¿Debería siquiera escribir esto?

Según algo que ha dicho Tate, Matrix es una fuerza controlada por los medios de comunicación, los gobiernos y las grandes corporaciones. Esos tres elementos combinados dan lugar a la misteriosa Mano Invisible. Y hablando de Matrix, ¿cómo es que nadie habla de los archivos de Biden, pero todos se apresuraron a ir tras los archivos de Trump? La gente lo ve y, al mismo tiempo, es ciega a ello.

Las ovejas caminan en la oscuridad, con la mirada fija en sus teléfonos móviles y en la mentira, pero mientras caminan en la oscuridad se olvidan de que hay una luz dentro de ellas que puede guiarlas hacia cosas más grandes, una de ellas es la Verdad. Pero no quieren desconectarse de la Mentira y conectarse con la Verdad.

He desaparecido de ciertos lugares, de las vidas de ciertas personas. No pasa nada. Necesitaba alejarme de ellos, evitar ciertos lugares. Si no te echan de menos, vete a algún lugar donde alguien te quiera. Busca ese lugar, a personas que quieran estar contigo. Busca la luz y evita la oscuridad.

La oscuridad no necesita compañía y tú, sin duda, no necesitas la soledad en tu vida.


Me estoy volviendo bueno en convertirme en un fantasma. Tuve una buena maestra.


Una poeta que conozco está sentada sola en el City Arms leyendo a Immanuel Kant. En cuanto me ve, me llama. Está deseando compartir conmigo las ideas de Kant, pero yo solo quiero que me dejen en paz.

"Estoy bien", le digo cuando me pregunta cómo estoy, y sigo mi camino. Me dirijo a otra sala, a un rincón tranquilo del pub, un lugar donde nadie puede verme. Me siento de espaldas a todos, con la cabeza gacha y un cuaderno delante de mí. Me estoy retirando poco a poco, convirtiéndome en un fantasma.

Pasan los días sin que ni siquiera mire mi teléfono móvil.

Los mensajes permanecen sin leer, pero no son tantos ni durante mucho tiempo.

En el pasado hablaba demasiado, compartía demasiado, siempre estaba visible, pero eso no funcionó, así que he decidido cambiar.

Incluso mis gustos han cambiado, o me he obligado a cambiarlos. Pero estoy bien con los cambios. Para almorzar, como un *wrap* vegetal en lugar de uno de pato, y después tomo un americano descafeinado en lugar de una taza de café fuerte. Otro día, un cambio aquí y allá.


¿Dónde estabas cuando te necesitaba?


¿Se ha apagado la llama, o tu amor? ¿Alguna vez me has querido? ¿Alguna vez has querido? ¿Amado de verdad?

¿Eres capaz de amar?

¿O es solo a mí a quien no puedes amar?

La llama se ha apagado, ¿o fue el amor?

Siento pena por aquellos que nunca han amado de verdad. Pero, por otra parte, quizá ellos sean los afortunados. Sin amor, sin dolor, pero ¿es esa una buena forma de vivir? No puede serlo. ¿Imaginas vivir sin amor? No es de extrañar que algunas personas estén verdaderamente perdidas.

He aprendido a convertirme en un fantasma, uno con la noche, uno con la nada. La indiferencia me llevó allí. La indiferencia y la frialdad de los demás me llevaron allí. Poco a poco estoy saliendo de la oscuridad. Estoy casi completo. El amor me dañó. Quizás estar enamorado no es lo correcto. No os enamoréis. Esperad a que alguien más se enamore de vosotros. Y entonces, correspondedles. Si alguien no os ama y no aprecia vuestra bondad y vuestro amor, marchaos. No perdáis el tiempo en nada. La nada a nada lleva. ¿Quién demonios querría nada?

*Ellie...*

Ellie no quiere nada.


Algunos nombres apenas se mencionarán, a menos que cambien, o tal vez los mencione brevemente, aquí y allá, en estas líneas. Si quieres, desplázate hacia abajo o sal ahora mismo. Después de todo, de vez en cuando, incluso el pasado debe revisarse para no cometer los mismos errores. Incluso amar a alguien demasiado rápido puede ser un gran error. Sí, incluso el amor puede ser un error de proporciones gigantescas. Revisa el pasado si es necesario y aprende de él.


Los hijos perdidos de Eva, esperando confesar nuestros pecados. Esta mañana me quedo quieto. ¿Nada que confesar? Hmm, siempre hay algo que confesar, pero esta mañana, después de la misa, me quedo en mi sitio. Rezo y, mientras rezo, me dejo amar.

Dios nos ama mientras rezamos.

Dios nos ama siempre, incluso (¿especialmente?) cuando estamos perdidos.

Mi amiga Edith va a confesarse. Tiene más de sesenta años. Todos pecamos, sin importar nuestra edad, sin importar lo buenos que seamos.

Me estoy volviendo bueno evitando el pecado. Debo decir que desde que empecé a rezar el rosario peco menos. Hay días en los que estoy más limpio que nunca, sin pecar en absoluto. Esperemos que siga así.

Después de las oraciones, me quedo un rato más en la iglesia. He hecho algunos amigos. Hago algunos más.

En la casa de Dios me permito ser amado. (Pero ¿no es el mundo la casa de Dios?)

¿No somos nosotros la Casa de Dios?


Durante mucho tiempo me consideré indigno de amor, pero ahora sé que no es así. Y amé a las personas equivocadas. O tal vez amé demasiado en el momento equivocado. Pero, cuando lo pienso bien, llego a la conclusión de que aquellos a quienes amé no me amaban. Simplemente buscaban una solución a sus problemas, un amigo con quien matar la soledad, un trozo de carne con quien satisfacer sus deseos carnales. Yo asumí ese papel, el papel del amante rechazado, el papel del poeta fracasado (pero, poco a poco, me estoy convirtiendo en autor), un papel doloroso de interpretar, pero el dolor es una lección, y una vez que la lección ha terminado, te alejas y te llevas el dolor contigo. Pero no dejes que el dolor se convierta en todo tu ser. Tarde o temprano tienes que sanar. Y no esperes a seguir adelante solo después de haber sanado. Eso puede llevar mucho tiempo. En lugar de eso, sigue adelante mientras aún estás sanando. Un día mirarás atrás y te reirás de lo absurdo que era todo. Mirarás a alguien a quien una vez amaste y pensarás: «¿En qué estaba pensando?».

Créeme, sucederá. Pero algunas caras permanecen con nosotros para siempre, como un recordatorio de lo que una vez fue, un recordatorio del amor perdido, pero si tú amaste y ellos no te correspondieron, la pérdida es suya, no tuya.

Me llevó mucho tiempo sanar.

Debería haberlo sabido, pero…

…pero...

Ahora amo con cautela. Gracias a Dios no he olvidado cómo amar.


La poetisa deja atrás a Kant y se acerca a donde estoy, para saludarme, para ver qué pasa, quizá para ver por qué me he enfriado, pero se equivoca; no me he enfriado. Ni me he vuelto indiferente. Solo me protejo de la indiferencia de los demás. No hace mucho tiempo amaba demasiado, amaba sin protección, y con eso no quiero decir que amara sin condón (aunque también lo hice, lo cual estaba bien, ya que solo nos estábamos viendo). Lo que quiero decir es que me lancé a una relación sin pensar, y luego di demasiado excesivamente pronto, y me encontré esperando nada. Ahora puedo reírme un poco de ello, pero durante mucho tiempo sentí la ruptura y me dolió muchísimo. Pero la vida sigue, y me curé mientras seguía adelante. De hecho, todavía me estoy curando. Y todavía la quiero, solo un poquito. Todavía no soy tan frío. Pero la olvidaré.

La poeta me da una palmada en el hombro y me pregunta: "¿Qué pasa? ¿Qué tal? ¿Dónde has estado?".

Demasiadas preguntas de golpe.

He venido aquí para descansar, para esconderme y para escribir, no para responder a una pregunta tras otra.

Me encojo de hombros. No tengo nada que decir. Y entonces arqueo una ceja. Nada en absoluto (que decir).

Nadé en la oscuridad y Dios me mostró la luz. ¿Cómo puedo explicárselo a la poeta? Ella es atea.

Un loco entra en el pub. Lo veo aquí bastante a menudo. Unas cuantas veces me ha insultado sin motivo alguno. La tercera vez que me insultó, le respondí con insultos. Ahora me deja en paz. A veces, cuando alguien te pisa, también tienes que pisarle. Así es como aprenden la lección y te dejan en paz.

La poeta no solo es atea, también es bisexual. Y refugiada. Pero no me importa. Antes me importaban ciertas etiquetas, pero ahora veo que todos somos iguales. Un poco diferentes, pero iguales al fin y al cabo.

Al ver que no digo mucho, la poeta empieza a hablar de literatura. Sabe que me gusta Bret Easton Ellis y me dice que este mes sale una nueva novela suya titulada *The Shards*. No lo sabía. Me alegra saber que Bret vuelve a escribir ficción. Apunto rápidamente el título del libro. Después, la poeta me deja en paz. Antes de volver a su mesa, la poeta dice: "He escrito un nuevo poema. Y un cuento. Quería que los leyeras. ¿Quizás en otra ocasión?".

Quizás en otra ocasión.

Quizás nunca.

En otra ocasión, en una vida anterior, habría perdido el tiempo, asintiendo y accediendo, y haciendo algo que no quería, pero aprendes la lección a medida que avanzas en la vida. Debes aprender la lección.

Una vez más, me siento solo, de espaldas al mundo, con el cuaderno esperando mis notas. Escribo durante menos de una hora antes de pedir otra taza de chocolate caliente. La poeta sigue leyendo a Kant. Me ve y sonríe. Asiento con la cabeza antes de volver a mi asiento. Sí, mi antiguo yo está definitivamente de descanso.


Mientras escribo, me viene a la mente Pedro 1:23. Quizás yo también haya renacido.


El Bebedor de Pepsi está en el pub, al igual que la Jugadora.

El Bebedor de Pepsi siempre pide dos vasos de Pepsi y luego se sienta solo, pegado a su teléfono móvil. Parece una persona tranquila, un poco soñadora. En cuanto a la Jugadora, siempre tiene un aspecto desaliñado. Y está engordando. No sé a qué se dedica, pero siempre parece tener dinero para gastar en las máquinas tragaperras y en alcohol. Gasta una fortuna en las máquinas tragaperras, un poco como mi amigo Cassio, que también es adicto al juego. Pero Cassio está mejorando, juega menos.

Retomo mi escritura.

Más tarde, cuando estoy a punto de irme, me despido rápidamente de la poeta y veo que está leyendo una colección de poemas de Rumi. La poeta leyendo al poeta.

Le hablo de Joshua Jennifer Espinoza, una poeta que he leído recientemente, y también de la poesía de Roberto Bolaño.

"He leído la poesía de Bolaño", dice ella. "Algunas cosas me gustan. Otras no tanto. También leí *Las últimas tardes en la Tierra* hace poco. Me encantó ese libro. Me encantaron todas y cada una de las historias de ese libro".

Estoy recayendo.

Ya he dicho demasiado.

Por supuesto, no es que me haya vuelto frío, frío hasta el punto de ser indiferente, pero los años 2019, 2020, 2021 y 2022 fueron una lección, una dura bofetada, así que he decidido distanciarme un poco. Pero también conocí a muchas buenas personas durante ese tiempo y conseguí publicar muchos de mis libros, así que no puedo quejarme.

El amor llegó a mi vida en 2021 y se quedó conmigo durante más de un año, pero lo que yo llamaba amor resultó ser una decepción y, en lugar de aprender la lección, seguí volviendo a la decepción. Lo que pasó fue que tenía los ojos vendados y me sentía un poco débil, un poco necesitado, y no podía ver lo que tenía delante. Ella no era una mala mujer. Simplemente no estaba allí. Después de un tiempo, ella me dejó marchar, pero yo seguí persiguiéndola durante unos meses, hasta que un día me di cuenta de que no estaba persiguiendo nada, a nadie. Tenía un sueño. Ella podría haber formado parte de ese sueño, pero decidió no hacerlo, y después de un tiempo tuve que olvidarla y seguir adelante. Pero está bien seguir adelante. Es necesario seguir adelante. Es una necesidad.

Si dejas de vivir por otra persona, si te pierdes en el dolor o incluso en la ira, no te estás haciendo ningún favor. Perseguir a alguien que no te quiere en su vida es una pérdida de tiempo, y el tiempo es precioso. Si quieren irse, déjalos ir. Mejor aún, échalos de tu vida.

Me retiro.
El Ego ha aceptado la Pérdida.

Elígete a ti mismo y encontrarás a alguien que te elija.

Unos días más tarde, vuelvo al pub, pocos minutos después de las 11 de la mañana, y pido el desayuno y una taza de café. Me siento en la mesa 29, abro un cuaderno y escribo. Unos minutos más tarde, llega la Jugadora. Se dirige directamente a las máquinas tragaperras. La enfermedad la llama. Su adicción es la enfermedad. ¿Me creerías si te dijera que el Bebedor de Pepsi llega pocos minutos después de la Jugadora? Dos Pepsi sobre la mesa, se dirige directamente a su teléfono móvil. Las mismas caras de siempre casi todas las semanas, a veces casi todos los días, pero me gusta estar aquí.

Hace unos días estuve aquí con mi amigo Jason, otro autor local, y hablamos de la vida, la literatura, el amor y, al igual que yo, Jason está feliz de quedarse en esta ciudad para siempre y viajar lo menos posible. He vivido en varios países, he hecho el amor con varias mujeres, he escrito historias en Portugal, Francia, España e Inglaterra, y ahora quiero quedarme quieto; encontrar mi propio hogar y quedarme quieto, viajar lo menos posible y amar solo a una mujer.

*Ella era parte de mi sueño, pero decidió marcharse.*
*Ahora debo encontrar a otra persona con quien compartir mi sueño.*

Los malvados dicen: "No hay Dios".
Pobres almas.
Pobres almas, sin duda, porque viven una vida sin Dios.

Dios me ha guiado hacia un estado de quietud, hacia la calma de la mente y el alma.
Cuando estoy con Dios, todo parece ir mejor, pero cuando caigo en la tentación, la vida siempre empeora un poco.

## Salmo 14:1

En el Salmo 11:5, leí: "El SEÑOR pone a prueba a los justos y a los malvados...".
En este momento, por si no lo has notado (¡deja el teléfono!), el mundo (todos nosotros) está siendo puesto a prueba, y veo a muchísima gente perdida en la maldad.

Leí en alguna parte que el nombre original de Betel era *Luz*.
*Luz* significa luz.
Dios es Luz.

Anoche soñé con ella. Creía que la estaba olvidando, pero ahí estaba, en mis sueños. Le acaricié la espalda con la mano, sentí sus huesos, su vientre plano presionado contra mi vientre regordete. Estábamos en la cama, acariciándonos, amándonos en silencio e incluso telepáticamente, amándonos con sentimiento, algo que a veces sentía que faltaba en nuestra relación. Y ahora se ha ido, convirtiéndose poco a poco en una desconocida, en un recuerdo, pero de vez en cuando todavía me visita en mis sueños. Un día dejaré de soñar con ella y su rostro se volverá borroso. A menos que...

Intenté analizar el sueño, ver qué significaba, pero tal vez no significaba nada y una parte de mí todavía la echa de menos, aunque estoy intentando olvidarla. Algunas personas creen que soñar con un amor pasado (pero ella es un amor reciente, aún fresco en mi mente) puede significar que estamos recordando un trauma pasado en una relación, o tal vez no estás tranquilo con la forma en que terminaron las cosas entre vosotros dos y estás buscando algún tipo de cierre, pero que yo sueñe con ella probablemente no signifique nada.

¿Todavía la echo de menos?

A veces sí.

A veces no.

La mayoría de las veces, sí, pero cuando revivo la relación me enfado un poco por cómo nos comportábamos los dos. Mientras que yo era el más dependiente en la relación, ella era la fría, a veces incluso indiferente. Pero cuando amaba, amaba de verdad, y echo de menos esa parte oculta de ella (y esa hermosa sonrisa), la que era capaz de amar, pero como tenía miedo de amar (o tal vez no me quería en absoluto) y de que la hirieran, se retrajo y luego me hizo daño. Mirando atrás, llego a la conclusión de que quizá nunca me amó, o quizá lo que sentía por mí no era suficiente para seguir en una relación conmigo. Pero eso ya es pasado, y no hay nada que pueda hacer al respecto. En lugar de dejar que me afecte, me trago mi orgullo, un poco de ira, incluso mi ego, y empiezo de nuevo.

Después de una ruptura, empezar de nuevo es lo único que puede hacer la persona a la que han dejado. Algunas personas no estarán de acuerdo conmigo, y está bien; todos podemos estar en desacuerdo sobre algunas cosas y seguir respetándonos mutuamente, y los que no están de acuerdo (conmigo) dirán que, en lugar de seguir adelante, la persona dejada puede llorar, lo que muchos hacemos cuando perdemos a alguien a quien amamos, y que la persona dejada puede pasar a un modo de no contacto, durante meses si es necesario, incluso años (!!!!!!), y esperar a que quien ha dejado a la otra persona vea la luz y vuelva, pero eso puede que nunca suceda y la persona abandonada nunca podrá recuperar esos meses. Seré sincero y admitiré que esperé a Ellie, y después de la ruptura, incluso la perseguí, pero entonces me di cuenta de que estaba siendo un tonto y que estaba actuando de forma necesitada y débil, lo cual no era nada bueno. Por desgracia, o por suerte, al cabo de un tiempo me harté de todo, incluso del amor que sentía por ella, y en lugar de perseguirla o esperar, decidí alejarme y seguir adelante con mi vida. Y en lugar de llorar por ello, acepté el desengaño, lo tomé como una lección y, finalmente, seguí adelante. Y lloré un poco. Está bien llorar, pero no está bien ahogarse en lágrimas.

÷

Algunos seres humanos tienen algún tipo de superpoder. Es cierto. No son brujas ni magos ni nada por el estilo. Pueden predecir el futuro, poseen una visión sobrenatural. Hace mucho tiempo, alguien me contó algunos detalles de mi futuro. Acertó en todo. Y más de una vez, ya fuera visión sobrenatural o premonición, me advirtió de algo que estaba a punto de suceder, así que cuando ocurrió, ya estaba preparado y tenía una solución.

÷

*Aquellos eran los días, o eso creía yo (pero la lujuria me cegó), cuando entraste en mi vida, la luz tras la oscuridad, o una luz tenue en la oscuridad. Te lo di todo y no obtuve nada a cambio, o casi nada, pero así es la vida y debemos aprender de nuestros errores.*

Repaso algunas notas antiguas y lo escribo todo. Necesito recordarlo para no repetirlo.

Escribí fragmentos en hojas sueltas, pósits e incluso en servilletas, y ahora estoy escribiendo parte de ello. Muchas de esas notas permanecerán sin fecha, las personas sin nombre. *Adivina*, digo, *a ver cuál eres tú, rompecorazones.*

Estoy cansado de todo, incluso cansado de algunas personas. Maldita sea, ¿qué quiere la gente? Si eres demasiado amable, eres demasiado amable. Si eres borde, eres borde.

*Me enamoré de lo mejor de ella, antes de ver la frialdad, la indiferencia.*

*Estoy vivo, pero a veces siento que me estoy muriendo.*

Leo sobre el pasado y no puedo evitar sonreír. Durante mucho tiempo me atormentó la necesidad, la necesidad de ser amado. Ahora estoy cansado de todo, incluso cansado de mi yo necesitado. En realidad, eso es una buena noticia.

Hipatia: "Defiende tu derecho a pensar, porque incluso pensar erróneamente es mejor que no pensar en absoluto".

÷

¿Qué está pasando con Andrew Tate? No se habla mucho de él en las noticias. ¿Está atrapado en Matrix?

Matrix está controlada por la Mano Invisible.
La Mano Invisible controla (casi) todo.
Si te opones a ella, te meterás en un buen lío.

Muchos *influencers* quieren fama y mucha pasta, sin saber que para conseguirlo deben adentrarse en la madriguera del conejo, y luego doblegarse ante otra persona y guardar silencio al respecto. Epstein era un títere de la Mano Invisible y mira lo que le pasó. Y luego estaban las víctimas, los abusadores y los visitantes de la isla de Epstein, y todavía no sabemos mucho al respecto, a pesar de que Ghislaine fue arrestada. Los monstruos llevan mucho tiempo en el poder y la monstruosidad sigue creciendo, apoderándose de (casi) todo, y eso incluye lo que se enseñará a los niños desde el primer día. Solo la Luz puede salvarnos, pero algunas personas caminan en la Oscuridad. Aman la oscuridad (y la monstruosidad) y quieren que el mundo siga su camino. El Hijo nos dijo que atravesáramos la Puerta Estrecha, pero la mayoría de la gente corre hacia las Puertas del Infierno, y uno de los principales villanos se llama Gates.

Niko, un bloguero y escritor de Ohio, afirma que cada vez más personas están despertando a la verdad. Solo un tonto (y hay muchos por ahí) creería que no hay nada malo en el mundo actual.

"Los reptilianos están esclavizando al mundo a través de la tecnología y de las mentiras que difunden en Internet, a través de la música, los medios de comunicación, etc., pero mucha gente no lo ve", escribe Niko.

¿Reptilianos?

Orwell y Huxley nos advirtieron de los peligros que se avecinaban. Lo hicieron escribiendo novelas de ciencia ficción. Yo intento hacer lo mismo, pero algunas personas no quieren saber la verdad. Se han dejado cegar por los placeres de este mundo y se han olvidado del Mundo que está por Llegar.


Santa Teresa de Lisieux, *Pequeña Vía*

-una persona puede aprender mucho del pasado, de las palabras y obras de otros.


Aún hay santos y personas virtuosas entre nosotros, pero casi nunca oímos hablar de ellos. Dios ha sido eliminado de la mayoría de las escuelas y los que están en el poder lo están sustituyendo a Él por su propia agenda. Vivimos en un mundo aterrador.


Niko dice que Schwab y sus amigos y la FMB están tratando de apoderarse del mundo y controlarlo todo, incluso la agricultura, y que nadie podrá detenerlos. Los políticos poderosos y otras personas supuestamente poderosas no dirán ni una palabra al respecto porque estuvieron en la isla de Epstein, tuvieron relaciones sexuales con menores, todo quedó grabado y ahora tienen que mantener la boca cerrada. Es eso o la cárcel. ¿Y cuántos años tiene la nueva novia de DiCaprio? La edad suficiente para ser su hija...y todavía más.

Y estas mismas personas que intentan venderte la Agenda Climática viajan por todo el mundo en sus jets privados. ¿No ves que quieren esclavizarnos?

÷

Algunas personas están rotas y no pueden amar.

Yo también estoy roto, pero aún puedo amar. Y estoy tratando de curarme, desde dentro.

Cuando alguien te abandona o te traiciona, nunca pienses que tú eres el culpable. El problema es que algunas personas caen fácilmente en la tentación, mientras que otras tienen demasiado miedo de comprometerse. No sigas su camino ni su ejemplo.

En lo que respecta al amor, nunca fui muy codicioso. Siempre que tuve una relación, me mantuve fiel. El comportamiento de mi padre hacia mi madre (y otras mujeres) me hizo darme cuenta de que no quería vivir el tipo de vida que él vivía. No siempre fui un ángel, pero con la edad y con la Palabra como guía, vi que quería vivir una vida limpia, una especie de vida monástica, una vida de devoción y entrega, una vida de meditación y oración. Aún no lo he conseguido, pero estoy trabajando en ello.

El mundo en el que vivimos ahora parece sacado de una novela de ciencia ficción, con más gente doblegándose ante el Gran Hermano o siendo arrestada por agentes de Matrix, y los demonios dirigiendo el espectáculo, siendo los demonios las personas que patrocinaron a Epstein y otros criminales, pero mientras el mundo arde por dentro, yo intento ser íntegro y santo.

÷

Te alejas del amor y no puedes evitar sentirte un poco triste por ello, pero la otra persona no te quería en su vida, así que lo único que puedes hacer es alejarte. Una vez que alguien deja de quererte, o cuando pone fin a la relación, lo único que puedes hacer es alejarte.

No supliques por estar en una relación.

Nunca supliques.

Simplemente aléjate.

Está bien ser un tonto enamorado, pero no puedes seguir siendo tonto para siempre.

La primera vez que te enamoras de tu nueva pareja, todo parece mágico y abrazas ese nuevo comienzo. Por un momento, y eso es un gran error, olvidas las trampas del pasado, el dolor, las lágrimas, pero sucedió (y dolió muchísimo), y debes recordarlo siempre para no volver a caer en esa trampa llamada amor.

Pones tu nuevo amor en un pedestal desde donde es difícil ver las cosas con claridad. Tarde o temprano, el pedestal se rompe. O alguien lo rompe. Después de eso, se desata el infierno.

Puse a un par de mujeres en un pedestal. Nunca más. Dicen que nunca digas nunca más, pero te lo digo, nunca más. Rompí el pedestal, lo hice pedazos con mi dolor, mis lágrimas e incluso mi ira, y aunque volveré a amar, esta vez seré cauteloso.

Hubo dolor, mucho dolor, pero esas mujeres probablemente no estarán de acuerdo conmigo y darán su propia versión de la historia. Pero, ¿quién dice la verdad?

¿Podría ser posible que todos estemos diciendo la verdad?

Algunas personas ven las cosas de manera diferente, pero Yu mintió, compró una casa a mis espaldas y luego me mandó a la mierda y me dijo que me fuera al carajo, no con palabras, sino con acciones, y Ellie dijo: "¡Mierda! Eres tan dependiente. ¡Déjame en paz! ¡No puedo respirar contigo cerca! ¡Fuera de mi vista!".

No con palabras, sino con acciones.

Así que me fui.

Y al salir rompí el maldito pedestal.

Nombres... He escrito sus nombres. No quería hacerlo, pero, maldita sea, ¿cómo puedo escribir una historia sin nombrar a los personajes? En realidad se puede, pero... pero no importa.

*¿Qué estoy escribiendo?*

÷

Me estoy volviendo bueno en convertirme en un fantasma. Pero, bueno, tampoco es que nadie me esté buscando.

He dejado de ir a los mismos sitios de siempre (pero solo temporalmente), he encontrado nuevos sitios a los que ir, pero no es suficiente. No es lo bastante bueno. Necesito más que esto.

Ella se sienta con su culo gordo en el sofá durante horas, con nuestros hijos en su nueva casa, viendo Netflix durante un buen rato.

Cocina la cena para ella y sus hijos, y luego disfruta de su domingo, con mi cara y mi nombre ya como un recuerdo lejano.

Va a una iglesia en Leeds, con su marido y sus hijos, y luego vuelve a la comodidad de su gran casa.

Se queda en casa con su hombre y le da todo. Hace décadas, no podía darme nada.

Salgo de mi habitación, voy a la iglesia y luego a dar un paseo. Compro un sándwich en Greggs, me siento en un banco en algún lugar y luego sigo con mi paseo.

Déjà vu.

Necesito más que esto.

Escribo sobre las mujeres que amé, mujeres que ahora disfrutan de sus vidas.

Escribo sobre zorras.

## 22 de enero de 2023

Al final, aunque dije que no lo haría, necesito fechar algunas de las entradas, solo para saber qué pasó, dónde estaba, a quién conocí, qué leí.

Después de la iglesia, conduje hasta Barras Lane, donde aparqué el coche, y luego caminé hasta el centro de la ciudad. Bajé al metro en Spon End y, mientras subía las escaleras, vi a Charlie dirigiéndose hacia el metro. Charlie, la sadomasoquista a la que le gusta abofetear a sus amantes beta. O tal vez me equivoque. Después de todo, por lo que me contó, solo abofeteó a un hombre. Pero, claro, solo me habló de un hombre. Quizás hubo otros. O quizás no.

"Vaya, vaya. Mira quién es: el famoso escritor", dijo cuando me vio.

Un par de mujeres que empujaban cochecitos me miraron brevemente, pero no se detuvieron. La acera estaba helada y resbaladiza. Un hombre estaba de pie al otro lado de la calle, junto al Casino, grabando quién sabe qué con su teléfono móvil, tal vez incluso grabando mi encuentro con Charlie. Algún día, si alguna vez triunfo como autor, ese mismo hombre podría ver uno de sus vídeos y decir: "¡Maldita sea! ¡Tengo a M÷ en vídeo!".

Como en otras ocasiones en las que la había visto, iba vestida casi toda de negro. Igual que yo. Pero mientras yo llevaba una bufanda naranja, ella llevaba una gris. Le dije 'buenos días' sin muchas ganas y le pregunté cómo estaba. Ella no llevaba nada consigo, mientras que yo llevaba un par de cuadernos.

No tenía prisa por llegar a ningún sitio. Nadie me esperaba. Me pregunté si Charlie tendría a alguien esperándola. Me imaginé yéndome a casa con ella, pero solo por un momento, que me desnudara y luego le hiciera sexo oral, pero no sin antes recibir unas cuantas bofetadas de su parte. Me entraron ganas de reír. A veces es bueno tener pensamientos tontos solo para poder sonreír. Últimamente he estado escuchando mucho a Louise Hay, viendo algunas de sus charlas en YouTube, cambiando mis pensamientos, riéndome un poco más, aceptando las cosas tal y como son y simplemente siguiendo adelante.

Charlie me contó que había ido a la iglesia y luego se había tomado un *espresso* en Costa, se había puesto al día con los cotilleos con una antigua compañera de trabajo y ahora se dirigía a casa.

"Te vi hace poco, saliendo de Waterstones. Mi hija estaba conmigo", dijo.

"Yo también te vi", respondí. "Pero pensé que tú no me habías visto".

"Podrías haber venido a saludarme".

"Lo pensé", dije, pero estaba mintiendo. "Pero estabas con alguien, así que decidí dejarte en paz".

Charlie asintió con la cabeza.

Lleno de valor (y curiosidad, la mejor amiga del escritor, pero la peor enemiga de la gente común), pregunté: "¿Hubo otros?".

"¿Perdón?". La cara de Charlie cambió ligeramente. Sus ojos se agrandaron y su boca pareció abrirse. No era una buena señal.

Estaba entrando en territorio desconocido, tal vez prohibido, pero ya había hecho la pregunta (y me di cuenta demasiado tarde de que no debería haberla hecho), así que no podía detenerme ahí.

"Lo siento. Lo que quería preguntar es si alguna vez has abofeteado a otros hombres", dije, asegurándome primero de que no pasara nadie. Para mi alivio, Charlie sonrió. Tenía buenos dientes. Y una boca bonita. De hecho, todo en ella era atractivo. Era una mujer de aspecto fuerte, robusta pero no gorda. Probablemente, una bofetada suya dolería. Yo también sonreí, no porque ella sonriera, sino por lo que estaba pensando.

"¿Por qué lo preguntas? ¿Quieres probarlo?", preguntó ella.

No podía creer que estuviéramos teniendo una conversación así en medio de la calle. Y los dos acabábamos de salir de la iglesia.

"No. Solo tenía...", balbuceé. ¿Qué otra cosa podía decir sino la verdad? "...curiosidad".

"Ya veo", dijo, y luego me miró a los ojos durante un largo rato. Y mientras me miraba fijamente, sentí ganas de decir: "Sí, quiero probarlo. Volvamos a tu casa y déjame probarlo. Lo quiero. Puedo soportarlo".

Pero aunque la deseaba, también sabía que era algo incorrecto. Al menos para mí. Eso no quiere decir que algún día no vaya a conocer a alguna mujer extraña y me deje engañar por ella, pero espero ser lo suficientemente fuerte como para decir que no. La verdad es que estoy buscando otra cosa: mi rincón tranquilo y una buena mujer con quien compartirlo. Quizás Charlie podría ser esa mujer tranquila, pero en mi corazón sabía que no lo era. Entonces me disculpé por haber hecho una pregunta tan estúpida e incluso ofensiva, y añadí: "No sé qué se me pasó por la cabeza. Tengo tantas cosas en la cabeza y...".

Y seguía sintiéndome un poco perdido.

Puedo decir que ya no echo de menos a Ellie, pero echaba de menos a mis hijos y echaba de menos tener a esa persona especial a mi lado. Y quizá seguía echando de menos a Ellie. Solo un poquito.

Y en cuanto pronuncié esas palabras, sentí ganas de llorar, pero llevaba años llorando, a veces en vano, y las lágrimas no me llevaban a ninguna parte, así que era hora de hacer algo diferente.

Respiré hondo y sentí los brazos de Charlie rodeándome.

"No le des tantas vueltas, M÷. Todo va a salir bien", me dijo.

Dejé que me envolviera en sus brazos. Respiré hondo otra vez y ella me dio un apretón.

Al final intercambiamos números de teléfono y Charlie me dijo: "Llámame si alguna vez sientes la necesidad de hablar con alguien".

Asentí con la cabeza y le dije: "Lo haré, gracias. Y tú también puedes llamarme".

Ella asintió con la cabeza justo antes de darme un beso en los labios. Luego se despidió y bajó las escaleras. Poco a poco, estaba creando una larga historia en Coventry, conociendo a todo tipo de personas. Coventry se estaba convirtiendo en mi hogar, tal vez mi hogar permanente, mi último hogar justo antes de cruzar el Velo. No me veía viviendo en ningún otro lugar que no fuera esa ciudad, pero una persona no sabe lo que le depara el futuro, lo que la vida nos traerá y nos pedirá. Tal vez algún día me mude de Coventry, me vaya a otro lugar, con otra persona.

Yo también seguí mi camino y no miré atrás. Charlie se había ido y eso era todo. No había razón para mirar atrás. La volvería a ver, de eso estaba seguro.

Debo añadir que me dijo que ya no se mudaría a Manchester. Lo pensó bien y decidió quedarse en Coventry.

Subí por Lower Precinct, fui a la biblioteca, donde conseguí un ejemplar de *Why Mrs Blake Cried*, de Marsha Keith Schuchard, y de allí me fui a Esquires a tomar un café. Mi móvil estaba en uno de los bolsillos de mi abrigo, en modo silencioso, y ni siquiera lo cogí. Con el paso del tiempo, cada vez usaba menos el teléfono. Me cansé de esperar a que ciertas personas me enviaran mensajes, cansado de esperar en vano. Más tarde, como hago casi todos los domingos, fui a ayudar a un banco de alimentos y luego fui al City Arms, donde escribí sobre mi tercer encuentro con Charlie y algunas otras cosas que habían sucedido en mi vida. El teléfono permaneció en el bolsillo de mi abrigo, en modo silencioso. Más tarde, una vez en el trabajo, finalmente lo cogí. No había llamadas perdidas ni mensajes. Nadie me buscaba. Me estaba volviendo invisible. Tuve una buena maestra.


Debes hacer lo que sea mejor para ti. A veces, por doloroso que pueda parecer, incluso debes dejar atrás a algunas personas. Y me repito, pero tú (¿yo?) debes aprender.


## 23 de enero de 2023

Esta tarde, cuando dejé a mi hija en casa de su madre, justo cuando estaba cerrando el coche, mi hija Leaf miró al cielo y dijo: "Las nubes parecen falsas".

Miré hacia arriba y vi la formación de nubes más extraña que jamás había visto. Las nubes formaban una línea rectangular muy marcada, como sacada de un videojuego, directamente de Minecraft o algo así. Saqué un par de fotos del cielo (y de las nubes) y más tarde las publiqué en Instagram y Facebook, y escribí: "Mi hija se volvió hacia mí y me dijo que las nubes parecían falsas. Quizás estemos viviendo en Matrix".

Más tarde, cuando vio las fotos en mi página de Facebook, mi amiga Sylvia dijo: "Sí que parecen raras".

Mi amigo Ariel me envió un mensaje por Facebook y me dijo que buscara información sobre Haarp y las estelas químicas, pero yo ya conozco la teoría de las estelas químicas y el Programa de Investigación Auroral Activa de Alta Frecuencia, un programa de investigación ionosférica financiado conjuntamente por la DARPA (Agencia de Proyectos de Investigación Avanzada de Defensa), la Fuerza Aérea de los Estados Unidos Y no me sorprendería que la Mano Invisible estuviera detrás de todo esto.

Para ser sincero, no sé mucho sobre esta teoría de la conspiración de las estelas químicas (tengo una vida muy ajetreada y no puedo meterme en todos los agujeros), pero sí sé que en 1996, o por esa época (puede que me equivoque en algunas fechas), la Fuerza Aérea de los Estados Unidos publicó un informe sobre la modificación del clima y, poco después, mucha gente acusó a la USAF de rociar a la población estadounidense con sustancias misteriosas desde aviones. Por lo que sé vagamente (y por lo que he oído a otros), las agencias gubernamentales intentaron más tarde acabar con todos los rumores sobre las estelas químicas, calificándolos de bulo, pero ¿podemos creer realmente todo lo que nos dice el Gobierno?

Las noticias son falsas.

¿Y la historia?

¿También es falsa?

## 24 de enero de 2023

Esta mañana, después del trabajo, fui a correr al Memorial Park y luego me detuve en el City Arms para tomar un café y charlar con mi amigo Jason. Unos minutos después de las 10, volví a mi coche, pero entonces miré hacia arriba, a un cielo que parecía tan irreal, y pensé: «¿Estamos viviendo realmente en un juego de simulación?».

Más de una vez, Elon Musk y algunos otros han planteado la posibilidad de que nuestra realidad sea, de hecho, un juego de simulación. ¿Y qué vio Erin Valenti en Silicon Valley justo antes de, aparentemente, suicidarse?

Ayer por la mañana, mi colega Antony estaba husmeando alrededor de mi coche otra vez, pero ¿por qué? Qué criatura tan triste.

÷

Todo en una relación tiene que ver con el poder. No renuncies a tu poder.

÷

¿Cuánto tiempo esperas a alguien?

¿Y vale la pena esperar a alguien?

¿Deberías esperar o seguir adelante?

Yo decidí seguir adelante.

Me gustaría que ella viniera conmigo, que se uniera a mi viaje, que lo convirtiera en nuestro viaje, que formara parte del sueño, pero me di cuenta demasiado tarde de que estaba esperando en vano. Vivimos en la era de la nada, una era sin amor, descuidada, fría, la era de los selfis, y Schwab y sus amigos quieren conquistar el mundo. Son payasos que trabajan para la Mano Invisible, feos por fuera y malvados por dentro.

Soy una de esas personas que todavía cree en el amor, una que cree que el amor lo conquistará todo. Y lo hará.

Hemos estado aquí antes, siglo tras siglo, mentira tras mentira, pecado tras pecado, catástrofe tras catástrofe. Sin que yo fuera consciente de ello, mi ruptura (y posterior divorcio) con Yu en 2020, durante el primer confinamiento, me llevó por un camino que me acercaría a otros buscadores de la verdad, personas que se convertirían en buenos amigos míos; almas despiertas que ayudan en bancos de alimentos, buenas personas que se preocupan por los demás y que ignoran lo que los medios de comunicación convencionales tratan de vender, y algunas de estas personas me ayudaron a despertar aún más. No estoy seguro de si vivimos en un juego de simulación, pero una cosa es segura: vivimos en un mundo retorcido que está a punto de empeorar mucho más. Y monstruos como Schwab y Gates ya están planeando una nueva forma de vida oscura para nosotros. Lamentablemente, mucha gente ya se ha rendido a ella, incluso antes de que la verdadera lucha esté a punto de comenzar. El Juego se está descontrolando.

Los monstruos que están al mando quieren controlarlo todo, incluso lo que comemos; por eso van a por los agricultores. Ya te lo dije: el Juego se está descontrolando y nosotros somos peones en este juego retorcido creado por mentes retorcidas.

## Sin fecha: (escrito en una servilleta)

Cuando sientes como si algo te atrajera hacia la oscuridad, hacia el pecado, eso significa que Dios está listo para responder a tus oraciones y que estás cerca de tus metas, pero el diablo quiere desviarte y engañarte una vez más.

Mantente fuerte. Dios puede sacarte de la oscuridad. Después de todo, Dios es Luz. La luz es Amor. Dios es Amor.

Esta mañana estaba en la Biblioteca Central, escribiendo, estudiando, cuando sentí la atracción. Era una atracción fuerte, tan fuerte que casi me vi a mí mismo en la oscuridad, completamente perdido, pero entonces supe que me estaba acercando a mi objetivo. Solo tenía que ser un poco más fuerte. Cuando sientas la "atracción", acude a Dios.

Lo que pasó fue que me sentí un poco decaído; con poco amor y solo, muy solo, pero no estaba solo. Nunca estás solo. Acude a Dios y nunca estarás solo.

Se suponía que debía estar escribiendo una novela de ciencia ficción. En cambio, estoy escribiendo esto: un libro sobre la Vida, pero la Vida misma se está convirtiendo en una trama de ciencia ficción. ¿Quién es el villano? ¿La Máquina, o la mente detrás de la máquina?

¿Ambas?

## 25 de enero de 2023

Alemania enviará tanques a Ucrania.

Me temo que esta guerra está lejos de terminar.

¿Entrará Rusia en guerra con el resto de Europa?

¿Armas nucleares?

Mientras tanto, la República Democrática del Congo ha declarado que el derribo de uno de sus aviones de combate por parte de Ruanda es un acto de guerra. Y China quiere invadir Taiwán. Y mientras el resto del mundo se prepara para la guerra, este pobre escritor solo quiere encontrar el amor.

Mucha gente se beneficiará de esta guerra; millones, miles de millones.

Y mucha gente sufrirá a causa de esta guerra; millones, miles de millones.

Y cuando esta guerra termine, comenzará otra.

¿Por qué no podemos simplemente vivir en paz?

La respuesta es la codicia.


Elon Musk ha estado tuiteando sobre la vacuna contra el Enemigo Invisible, diciendo que tuvo efectos secundarios importantes tras su segunda dosis de refuerzo y que se sintió como si se estuviera muriendo durante varios días.

El malvado Will Bates ha declarado que las vacunas actuales no bloquean la infección y tienen una duración corta, pero yo podría haberles dicho eso desde el primer día, aunque no soy científico. Por otra parte, Will tampoco lo es. ¿O es Bill? ☺

El último plan de Will lo lleva a Australia, donde está invirtiendo en tecnología que reducirá las emisiones de metano de los eructos de las vacas. Este malvado multimillonario y sus malvados amigos multimillonarios, la mayoría de los cuales eran amigos del malvado Epstein, están jugando a ser Dios y casi nadie habla de ello. Por otro lado, ellos controlan los medios de comunicación.


Debo escribir estos libros y dejar un registro para las generaciones futuras.


## 26 de enero de 2023

El mundo se está volviendo loco, está patas arriba. Nunca pensé que diría esto, pero "¡Maldita sea! ¡Quizás David Icke tenía razón en todo! ¡Incluso sobre los reptilianos!".

En la reciente reunión del Foro Económico Mundial (FEM), el enviado climático de EE. UU., John Kerry, dijo que él y los demás monstruos, perdón, quería decir los globalistas del FEM, en algún momento de sus vidas, fueron tocados por "algo" que les provocó una especie de complejo de salvador. Llamó a esa experiencia "extraterrestre".

Yo digo: "¿De qué demonios está hablando?".

Quizás los reptilianos estén listos para apoderarse del planeta y de las mentes de muchos. En realidad, por lo que he leído en otra parte, los reptilianos siempre han estado aquí, desde el primer día, desde el principio. Recuerdo que Niko mencionó una vez en su página que la serpiente del Jardín del Edén fue el primer reptiliano, pero yo ya lo había oído antes, en otra parte, más de una vez.

El mundo está pasando por un cambio loco, y mucha gente se quedará atrás. Se derramará mucha sangre en los próximos años, a menos que... a menos que alguien nos salve.

Incluso Dave Rubin habla de Matrix en su último vídeo de YouTube, diciendo cómo la élite, la Mano Invisible, quiere encarcelarnos a todos, pero ¿le está escuchando la gente?

Sin que te des cuenta, tu preciada libertad se está viendo restringida poco a poco. Un día no podrás viajar a otro país. Demonios, un día no podrás ir al pueblo de al lado. Habrá ciudades-prisiones de 15 minutos y no podrás moverte libremente. No tendrás nada y serás feliz. Mientras tanto, mientras tú no tienes nada y sonríes, Will Bates y Schwab (y el payaso DiCaprio) viajarán libremente por el mundo y vivirán como reyes. ¿Te parece bien?


La Mano Invisible ya no nos oculta sus oscuros planes. Ahora están a la vista de todo el mundo: una utopía de pesadilla disfrazada de nuevo paraíso para todos, una pesadilla comunista disfrazada de sueño humanista, y la mayoría de la gente aplaude esos oscuros planes. Quienes se oponen a ellos desaparecen o son desacreditados. O se les tacha de derechistas o de cualquier otra cosa.

Es una broma y la Mano Invisible se está partiendo de risa.

Recibo por correo una copia de *El mal de la Taiga*. Después de desenvolver el libro, cojo mi portátil, un par de cuadernos y me dirijo en coche a Kingsland Avenue. Voy a la iglesia a rezar el rosario y otras oraciones.

Mi ruptura con Ellie está casi olvidada, ahora me siento mucho mejor, listo para un nuevo comienzo, pero sigo enfadado conmigo mismo por haber dedicado tanto tiempo a personas que ni siquiera merecían un minuto de mi tiempo. De todos modos, esa es otra historia y ya he escrito sobre ella. Pero aunque no haya escrito mucho al respecto, no voy a perder el tiempo reviviendo el pasado. Se ha acabado. Hay que dejarlo atrás.

Después de rezar unas cuantas oraciones y guardar un momento de silencio en la iglesia, vuelvo al coche y conduzco hasta Earlsdon. Cuando llego, recibo una llamada de mi amigo Cassio. Necesita dinero. Me llama desde el teléfono de nuestra amiga Mónica. No tiene saldo en su móvil. Por lo que me cuenta, está totalmente arruinado. Otra vez. No pasa casi un mes sin que Cassio esté arruinado. Le digo que no puedo prestarle dinero y que voy a estar fuera unos días porque tengo que ir al hospital, pero ni siquiera escucha lo que le digo. En cuanto le digo que no puedo prestarle dinero, deja de escucharme. No dice nada más y ni siquiera me pregunta por qué tengo que ir al hospital. Se disculpa por llamar y luego se despide, sin molestarse en preguntarme si estoy bien. Pero no pasa nada. Necesito una nueva vida, una vida con gente nueva, gente mejor que la que he conocido en los últimos años. Cuando cierras una puerta, abres otra, pero tienes que asegurarte de que vas a seguir un camino diferente y no el mismo camino de siempre que no te lleva a ninguna parte.

Cassio no es mala persona, y siempre que puedo le ayudo, pero puede ser su peor enemigo, y no puedo estar prestándole dinero constantemente. En cuanto tiene algo de dinero, se lo gasta todo, sin pensar en el mañana, y eso empieza a cansarme.

÷

Canadá está avanzando lentamente hacia el infierno gracias a Trudeau y sus políticos que se jactan de su virtud. Por lo que leo en Internet, se dice que a finales de mes la ciudad canadiense de Vancouver despenalizará la heroína y el crack, pero ¿qué puede salir bueno de eso? Cualquier persona mayor de 18 años podrá inyectarse, fumar, tragar, esnifar y lo que sea, incluso si está cerca de niños. La Mano Invisible está tratando de deshacerse de tantos de nosotros como pueda, y esta es una buena manera de lograr su objetivo: drogar a la gente, hacerla adicta a las drogas y luego ver cómo sufren una sobredosis. Incluso en Inglaterra, el idiota alcalde Sadiq quiere despenalizar el cannabis. Estos liberales progresistas (*woke*) serán el fin del mundo, pero ni siquiera son ellos los que dictan las reglas.

Canadá tiene a Trudeau y Escocia tiene a Sturgeon. ¡Maldita sea! ¿Puede empeorar la situación? Bueno, ahora que lo menciono: Biden, Rishi, Macron; sí, las cosas pueden empeorar.

$$\div$$

La locura (y la monstruosidad) no muestra signos de terminar. El Tribunal de Nueva York ha sustituido una estatua de Moisés por una especie de estatua satánica dorada para celebrar el aborto, también conocido como la muerte de los inocentes. La agenda demoníaca se está llevando a cabo ante nuestros ojos y algunos de vosotros ni siquiera podéis verlo. Pero mucha gente está despierta y puede ver lo que se le está haciendo a nuestro mundo. Las personas que están en el poder odian la belleza, la belleza real, y por eso están tratando de reemplazar la belleza con monstruosidades. Muchos de los despiertos han condenado en Internet esta monstruosa estatua que se ha colocado en lo alto del Palacio de Justicia de Nueva York, y mucha gente dice que tiene alusiones a imágenes demoníacas. Esto demuestra que estamos siendo gobernados por demonios, pero ¿quién controla a estos demonios en el poder? Y debido a que los demonios han tomado el control, en los próximos años verán más estatuas e imágenes demoníacas reemplazando la belleza real. Y en lugar de oponerse a ello, mucha gente aplaudirá los cambios.

*El escritor escribe. Ese es su trabajo. A lo largo de los siglos, sus antepasados difundieron el mensaje y ahora él debe hacer lo mismo, cueste lo que cueste. Y cuanto más escribe, más enemigos se gana, pero así es como funciona el mundo y un héroe siempre está destinado a tener enemigos.*

Debo añadir que ayer, cuando me dirigía a la iglesia, justo cuando me acercaba a la entrada, sentí que algo me empujaba hacia atrás, una voz interior que me decía que mirara atrás antes de entrar en la iglesia, así que me giré y vi a una mujer en bicicleta que se dirigía hacia mí. Para mi sorpresa, era Ellie, la última mujer con la que salí. Llevaba su mochila, lo que significaba que iba a algún sitio a comprar. Es una mujer de costumbres, una mujer que se ciñe a las mismas rutinas. Todos tenemos nuestros hábitos, nuestras rutinas, ciertas cosas que nos gusta hacer, pero a veces es bueno cambiar un poco y dejar que otra persona entre en nuestras vidas. Intenté formar parte de la vida de Ellie, pero me di cuenta demasiado tarde de que quizá no había sitio para mí en ella. No importa. La vida sigue.

La vi brevemente, pero no me detuve. No habría cambiado nada si me hubiera detenido o saludado con la mano. De hecho, probablemente Ellie hubiera preferido que no me detuviera y, para ser sincero, yo tampoco quería hacerlo. Probablemente nuestra historia haya terminado, y si el mes pasado estaba triste por ello, ahora probablemente solo estoy enfadado conmigo mismo por haber sido tan dependiente cuando salía con Ellie. Mirando atrás, puedo decir que, aunque la relación no fue un desastre total, me dejó sintiéndome vacío. ¿Y qué sentido tiene estar en una relación si te hace sentir vacío?

Te metes en una relación para llenar un vacío, no para sentirte aún más vacío.

De todos modos, vi a Ellie, pero no me detuve. Y aunque me hubiera detenido, no habría cambiado nada. Ellie está demasiado ocupada para detenerse por nada ni por nadie, lo cual está bien. Al final, tenemos que respetar los deseos de los demás. No creo que ella me viera, pero aunque lo hubiera hecho, no habría importado. Como he dicho, está demasiado ocupada para detenerse por nada ni por nadie, ocupada en un mundo de nada. Si esperas a Ellie, esperas por nada. Por eso no me detuve.

## 30 de enero de 2023

Un día agotador. Son casi las 3 de la tarde y todavía no he dormido, a pesar de que anoche trabajé un turno de 12 horas. Un cielo azul lleno de nubes blancas me observa mientras estoy sentado en el jardín trasero de la casa de mi amigo Ariel. Estoy bebiendo té negro descafeinado. Esta noche me quedaré en casa de Ariel y mañana por la mañana me llevará al hospital George Eliot para que me hagan una colonoscopia.

¿Y si...?

¿Y si...?

Todo irá bien, o eso espero. Por dentro, siento que no hay nada de qué preocuparse.

Durante los próximos tres días no veré a mis hijos. Eso me llena de tristeza, pero creo que las cosas mejorarán.

Estoy reconstruyendo una nueva vida, lentamente, muy lentamente, día a día, reconstruyendo una nueva vida en un mundo que parece estar fuera de control, pero el hecho de que las cosas parezcan estar fuera de control no significa que deba dejar de vivir. El mundo siempre está cambiando y algún día, el mundo llegará a su fin, y quienquiera que quede atrás tendrá que empezar de nuevo, desde cero, sin tecnología que le ayude a avanzar. La electricidad se acabará (otra vez), el teléfono y el ordenador portátil dejarán de funcionar, no habrá conexión y los supervivientes se quedarán a oscuras. Quizás el satélite Dark Knight fue construido por una civilización que estuvo en este planeta hace mucho tiempo y cuya historia ahora está olvidada. Y lo mismo le sucederá a la raza humana más adelante; el planeta será golpeado por algún tipo de desastre mayor y solo quedarán unos pocos supervivientes. Otro gran diluvio. Otra edad de hielo. Una bola de fuego caída del cielo. Un... Elige lo que quieras.

Lo que una vez se supo quedará en el olvido. Quizás por eso los miembros de la Mano Invisible guardan registros secretos en búnkeres.

## 31 de enero de 2023

Me han extirpado unos pólipos y me encuentro bien, aunque me duele un poco el estómago.

## 1 de febrero de 2023

Un día terrible. Empezó bien, pero... pero Yu se quitó la piel y reveló su verdadera naturaleza. ¡No es humana! Es una serpiente.

Después de comer, conduje hasta la casa de Yu para ver a mi hija Leaf. Sus profesores estaban en huelga, así que mi hija estaba en casa.

*En otra parte del país, Zahawi estaba furioso. Cogió el dinero y se largó, y luego lo despidieron. Si lo pensamos bien, Zahawi debería estar en la cárcel. Al fin y al cabo, le robó al pueblo.*

Cuando llegué a casa de Yu, Leaf todavía estaba en la cama. Le preparé el desayuno, comió, se cambió y luego nos fuimos los dos a Earlsdon. Primero fuimos a Myrtles a tomar café y tarta. Café para mí, tarta para Leaf. Fue estupendo pasar un rato con mi hija, fue estupendo volver a ser padre. Hay días en los que apenas veo a mis hijos, días en los que no los veo en absoluto, así que agradezco cualquier momento que puedo pasar con ellos. Por ahora, mientras espero conseguir mi propia casa, e incluso un trabajo mejor con un horario más favorable, debo aceptar (y agradecer) cualquier momento que pueda pasar con mis hijos.

Después de una hora más o menos, quizá menos, Leaf y yo salimos de Myrtles y fuimos al City Arms, que está a solo dos minutos a pie de Myrtles, donde pasamos unas horas juntos. Mi hija jugó al Roblox en mi ordenador mientras yo escribía un poco. Seguimos hablando, y Leaf me dio ideas para mis personajes, diciendo que deberían ser de esta ciudad o de aquella, e incluso dándole nombre a algunos de ellos. Cada pocos minutos, Leaf reclamaba mi atención solo para mostrarme algo del juego al que estaba jugando. Nos sentamos uno al lado del otro, sin mirarnos. Mi hija quería tenerme a su lado solo para poder compartir conmigo sus aventuras en el juego. Volvía a ser padre, pero echaba de menos a mi hijo Matthew. Él estaba en el colegio. No todos sus profesores estaban en huelga.

Le envié un mensaje a Matthew antes de salir del City Arms y le pregunté si quería algo de comer de McDonald's. Y luego, como todavía me queda algo de amabilidad (pero cada vez soy mejor siendo frío e indiferente; tuve buenas maestras), le dije a mi hijo que le preguntara a su madre si también quería algo de comer. Ella pidió una Big Mac y patatas fritas grandes, lo mismo que mi hijo. Así que el tonto (yo, pero estoy mejorando...) condujo hasta McDonald's, compró comida para los niños y mi exmujer, y luego conduje de vuelta a casa de Yu. Mi hijo nos abrió la puerta a Leaf y a mí. En cuanto vi a mi hijo, sentí que algo se encendía dentro de mí. Era como si se hubiera encendido una luz y pudiera ver las cosas un poco más claras. Es difícil explicar cómo me sentía, pero era una sensación agradable. En fin, allí estaba yo, el padre que echaba de menos a sus hijos, de pie junto a ellos. De nuevo padre. Los padres divorciados que apenas ven a sus hijos saben cómo me sentía en ese momento y por lo que estaba pasando. Mi hijo le dio la comida a su madre. No recibí nada de ella, ni siquiera un gracias, lo cual estaba bien (y no lo estaba), ya que estoy acostumbrado a su grosería y egoísmo. Si la presionan, siempre se hará la inocente, la víctima o la damisela en apuros, pero ella es la villana. El problema con Yu es que solo quiere recibir, nunca dar ni compartir. No es de extrañar que la mayoría de la gente se aleje de ella al cabo de un tiempo, cuando la conocen mejor.

Me senté con Matthew en su habitación. Él comió, nos reímos a carcajadas de algunas cosas, nos reímos mucho, y después se unió a nosotros mi hija Leaf, y la felicidad fue completa. Por desgracia, la felicidad no duró mucho. Antes de que termine este año, una vez que comience el nuevo curso escolar, Matthew tendrá que ir a otra escuela, una escuela un poco más lejos de casa, y Yu tenía un plan. El plan consistía en que yo siguiera trabajando por las noches, recogiera a Leaf temprano por la mañana en casa de Yu y la llevara al colegio, y en el proceso durmiera lo menos posible. Oye, ¿para qué demonios necesito dormir?

Yu ya sabe que tengo problemas cardíacos y hay días en los que ni siquiera duermo mucho (después de todos estos años trabajando por las noches, todavía no me he acostumbrado a trabajar por las noches y dormir durante el día, por lo que mi patrón de sueño varía con bastante frecuencia o es errático y desordenado), así que le dije que no, un no educado, e intenté encontrar otra solución, pero Yu hizo oídos sordos y empezó a gritar (porque gritar es lo que mejor se le da). Los gritos continuaron durante mucho tiempo e incluso me ordenó que saliera de la sala de estar y volviera a la habitación de Matthew.

«Qué descaro tiene esta mujer», pensé. «Ya no estoy casado con ella, pero sigue creyendo que puede darme órdenes».

Discutimos un poco más. Una discusión sin sentido. Si nos hubiéramos sentado a hablar, podríamos haber encontrado una solución, pero la verdad es que ya no podemos estar juntos en la misma habitación. En el pasado, y eso fue un GRAN error, aguanté los gritos y el comportamiento agresivo de Yu solo por los niños, pero ya no. Al final, me fui de su casa, sabiendo que no volvería a entrar allí en mucho tiempo, y me parece bien.

Me parece bien no tener a Yu en mi vida.

Algún día, cuando nuestros hijos sean mayores, no tendré ningún contacto con Yu. ¿No es maravilloso?

*El escritor estaba enfadado. Condujo a casa bajo una nube oscura. Se había casado con una serpiente y ahora, por los hijos que habían tenido, tendría que seguir soportándola en su vida durante un tiempo más. ¡Maldita suerte!*

## 3 de febrero de 2023

Assange está en prisión. Tate está en prisión. Glitter sale de prisión y, según las noticias, vivirá en un hostal que está cerca de diez colegios. No es de extrañar que el mundo esté tan mal.

Un globo espía chino sobrevuela el espacio estadounidense. ¿Un anticipo de lo que está por venir?

## 4 de febrero de 2023

Se avecinan cambios. Cambios negativos. Cambios aterradores.

Todo está sucediendo muy rápido, se nos muestra, lo ponen delante de nuestras narices, pero algunas personas ni siquiera lo ven.

Una parte de mí se pregunta si estamos entrando en las últimas etapas de este mundo.

*Lo estamos. Lo estamos. Solo hay que esperar a que la Máquina deje su Huella.*

El mundo se dirige lentamente hacia el desastre, ganando velocidad cada día, pero hay algo en el cielo, algo o alguien que nos observa (¿protege?).

Pero, ¿qué hay del Proyecto Blue Beam?

Todo podría ser una mentira.

La salvación misma podría ser una mentira y podríamos estar dirigiéndonos hacia una trampa.

Putin está de visita en Volgogrado. Durante su visita, pronunció un discurso en el que amenazó con una guerra nuclear contra Occidente. Occidente está enviando armas a Ucrania y Putin se siente atrapado, sin nada que perder. Quizás esté lo suficientemente loco como para apretar el botón. Mientras tanto, también en Rusia, cuatro aviones rusos avistaron un ovni sobrevolando Volgogrado. ¿Qué estamos presenciando?

El 1 de diciembre de 2021, tuve un sueño en el que Ellie y yo visitábamos Australia (y lo escribí en mi libro **abandona tus sueños de oscuridad**), y entonces hubo un tsunami, una gran ola, y después los dos fuimos salvados por un ovni.

¿Una premonición?

¿Una advertencia?

Muchas personas han dicho que hace décadas los extraterrestres impidieron que se produjera una guerra nuclear. ¿Podrían volver a hacer lo mismo? Pero, ¿qué significa eso? ¿Significa que los llamados extraterrestres podrían ser en realidad nuestros...

Y mientras los rusos se preocupan por los ovnis, China está lanzando globos espías sobre Estados Unidos y Sudamérica.

÷

La gente está despertando y calificando los últimos premios Grammy como un ritual satánico. Se cantó *Unholy* al mundo, una canción que hace referencia a Balenciaga. La actuación de *Unholy* fue calificada de satánica.

Madonna estuvo en los Grammy. ¿Qué le ha hecho a su cara?

¿Y qué hay de Sam, vestido completamente de rojo, con un sombrero con cuernos? ¿Ha vendido su alma al mejor postor?

Jennifer se pelea con Ben. ¿Ya? ¿Otra vez?

Las estrellas adoran al Príncipe Oscuro.

Los falsos ídolos adoran al Diablo.

Los internautas están tratando de despertar al mundo, pero ¿ya es demasiado tarde?

Como era de esperar, los fabricantes de la vacuna contra el Enemigo Invisible son los patrocinadores de los premios Grammy.

Lo ves, pero sigues sin poder verlo.

÷

¿Y si todo fuera un sueño?

¿O una pesadilla?

Tal y como yo lo veo, solo estamos "matando el tiempo" antes de pasar al mundo real (¿otro juego de simulación? ¿Un reinicio?), un mundo igual que este pero ligeramente diferente. Quizás "matar el tiempo" no sea la forma correcta de expresarlo. Estamos aprendiendo; sí, eso es lo que hacemos, pero algunos de nosotros estamos aprendiendo cosas equivocadas, engañados por ídolos falsos, mentiras, profetas falsos, codicia, etc. Vivimos en un mundo corrupto y la gente camina por él con los ojos vendados y la mente cerrada.

Abre tu mente.

Abre tu mente y verás más allá de este mundo.

Los Druidas enseñaban que todos serán salvados, pero antes de que eso ocurriera, algunas personas resucitarían tantas veces como fuera necesario para aprender las lecciones de la vida humana y dejar atrás sus malos hábitos.

## 8 de febrero de 2023

Vi a Ellie paseando a su perro por Kingsland Avenue, unos minutos después de las 8 de la mañana. Ella no me vio. Hacía mucho tiempo que no la veía. El tiempo vuela y el amor envejece. O se olvida.

Mi ocupada Ellie. Está demasiado ocupada incluso para amar.

Abre tu mente y encontrarás el amor.

El mundo tiene una fecha límite. El amor parece ser lo último en la mente de algunas personas, pero olvidan que sin amor el mundo muere.

Sin amor, los corazones se vuelven como piedras, y un corazón de piedra solo puede destruir y nunca construir algo bueno.

¿Sobre qué escribirán las generaciones venideras?

¿Sobre el colapso?

¿Sobre los demonios?

¿Sobre la(s) máquina(s)?

Probablemente serán las máquinas las que escriban la mayor parte. Aunque, por otra parte, quizá ni siquiera existan las máquinas.

Un día, sin que te des cuenta, llegará el colapso, el colapso de todo; ya ha ocurrido antes y volverá a ocurrir, y todo quedará en el olvido.

Un satélite olvidado quedará en el cielo, circulando alrededor del planeta, y un día la gente se preguntará: "¿Qué es eso?".

Algunos lo llamarán estrella. O algo así.

Cuando la vi, quise detener el coche y acercarme a saludarla, saludar al amor, pero el amor no me ama, y cuando alguien no te ama, lo mejor es dejarlo en paz y seguir adelante. Y eso es lo que estoy haciendo: sigo adelante. Si tiene que ser, será.

Los creadores del juego escribieron dos finales. Ahora nosotros, los protagonistas del juego, debemos elegir uno de los finales.

Elige bien, Ellie. Elige bien.

Elige el amor y el amor te elegirá a ti.

Elige nada y no obtendrás nada.


No soy escritor.

Soy detective, un detective que viaja a través de la Noche Oscura del Alma, huyendo del Frío, buscando el sentido de la Vida, preguntándome por qué estamos Aquí, adónde vamos desde Aquí, qué hay más allá del Velo, quién era el Hijo, dónde está Él ahora, ¿volverá Él como un ladrón en la noche? ¿Y dónde está el Padre?

¿Dónde está el Amor?


÷


Una madre espera fuera de un parque para colocarse, esperando su próxima dosis. La he visto antes, en el banco de alimentos donde ayudo. Una madre perdida por las drogas. Tiene varios hijos de varios hombres, hijos que viven en centros de acogida. En su estado, ¿cómo puede cuidar de nadie más? Ni siquiera puede cuidar de sí misma.

Un hombre se acerca a saludarla. Sus ojos parecen perdidos, igual que los de ella. Los hijos perdidos de Eva, perdidos en las drogas y el alcohol, deslizándose hasta el infierno, buscando una salida, buscando al poeta, a un guía, pero no hay nadie que pueda ayudarlos. Primero tienen que ayudarse a sí mismos. La fuerza tiene que venir de dentro. El poeta ha seguido adelante. Lo llevaron al paraíso. Yo también sigo adelante.

Me dirijo a la iglesia de St. Peter, en Charles Street, donde me reuniré con mis amigos Harry y Peer. Ya he mencionado a Peer en mi libro **la ilusión del movimiento**. Lo conocí durante el confinamiento de 2020 y, después, a través de él conocí a Harry.


El amor sano cura. No duele.


¿Cómo podía ser amor si ella me hacía daño?

Llego temprano a la reunión, así que me siento en la sala de espera y leo un rato. Están pasando tantas cosas en el mundo: tanto dolor, guerras, muerte.

Los recientes terremotos en Siria y Turquía nos han mostrado lo frágiles que somos y lo preciosa que es la vida humana, pero a quienes controlan todo parece que solo les importan ellos mismos. Tienen sus propios planes y parecen más preocupados por pronombres inexistentes que por el estado del mundo. Incluso la Iglesia de Inglaterra parece estar siguiendo la agenda que quiere destruir la raza masculina y está explorando el concepto de un Dios sin género.

¿Qué será lo próximo?

¿Jesús no era un hombre y María no era una mujer?

Es posible que suceda.

*Podría suceder.*

La Mano Invisible que lo controla todo nos está imponiendo una agenda aterradora, una agenda que influirá en los niños desde su nacimiento (y muchos niños mutilarán más tarde sus cuerpos solo porque la Agenda les dice que está bien hacerlo, pero es mentira; una vez que el cuerpo está destruido, no hay vuelta atrás, y después algunas almas se destruirán a sí mismas porque no pueden vivir con el dolor y el arrepentimiento), una agenda patrocinada por estrellas de cine y estrellas de rock y todo tipo de ídolos falsos que han vendido sus almas a Mammón.

Harry y Peer llegan unos minutos más tarde. Somos hombres heterosexuales que vivimos en un mundo que poco a poco se está descontrolando. Algún día se nos considerará enemigos. Pero, ¿quién es nuestro enemigo?

Dios es el Padre.

El Padre es hombre.

¿Cómo puede la Iglesia convertir a Dios en un ser sin género?

No somos nada.

Sin Dios no somos nada.

Por eso la Mano Invisible quiere destruir nuestra conexión con Dios.

Pero ¿por qué?

Piénsalo: ¿quién es el enemigo de Dios?

$$\div$$

Ellie no existe. Era una trampa de la mente.

La Ellie que vi era una mentira, una ilusión.

Un buen día para empezar de nuevo.

Debes elegir a las personas que te eligen a ti, no a las que te abandonan y luego quieren que las persigas.

Tú eres suficiente.

Si alguien quiere irse, déjalo ir. De hecho, ábrele la puerta.

Pasé mucho tiempo preguntándome por qué no me elegían, por qué siempre me abandonaban, por qué, por qué, por qué, hasta que finalmente me cansé de todo eso.

Me cansé de ser tan sensible, de mi necesidad de complacer a los demás. Sin darme cuenta, estaba atrayendo a las personas equivocadas a mi vida. Tenía una energía equivocada, no tenía límites, mi estado mental era débil y era como una hoja al viento.

Hubo traumas en mi infancia, traumas en mi edad adulta, y me convertí en la persona que complacía a los demás, el niño que siempre buscaba amor, el adulto que no se consideraba digno de algo mejor, pero desperté. Me llevó décadas, pero finalmente desperté.

Ahora establezco límites con las personas. A algunas personas simplemente las elimino de mi vida. Está bien, no las necesito. Y ellas no me necesitan a mí. Me utilizaron o me hicieron daño, así que ¿por qué iba a quererlas en mi vida?

He empezado a vivir una vida secreta, una vida en la que me pongo a mí mismo y a mis sueños en primer lugar. Empecé a hacerlo el 1 de enero, pero lo intensifiqué el 1 de febrero, después de mi visita al Hospital George Eliot. Nadie necesita saber nada de mi vida.

## 10 de febrero de 2023

Te duele, pero después de un tiempo tienes que curarte.

Te duele, pero después de un tiempo debes empezar de nuevo. Seguir adelante.

÷

Apocalipsis 1:3 "Se acerca la hora".

Vivimos tiempos extraños.

A veces siento como si la humanidad se precipitara hacia su fin, con la gente gritando mientras corre hacia el abismo.

Son días aterradores, como sacados de una novela de ciencia ficción. O de una novela de terror.

*Soy leyenda* cobra vida.

## 12 de febrero de 2023

Charlie estaba en el City Arms, bebiendo vino y agua, jugando con su teléfono móvil. Llegué allí unos minutos antes de las 4 de la tarde, e imagina mi sorpresa cuando la vi allí. Nunca la había visto antes en Earlsdon. No estaba sola. Su hija también estaba allí. Cogí una taza de uno de los empleados, me acerqué a la máquina de café, pulsé el botón de capuchino descafeinado, cogí mi bebida y me dirigí a la mesa 23, justo al final del pub, y fue entonces cuando vi a Charlie y a su hija. No podía detenerme y dar media vuelta. En lugar de eso, me dirigí a la mesa y, cuando me acerqué a donde estaba Charlie, ella levantó la vista, asintió con la cabeza y me saludó. Yo le devolví el saludo, sonreí, y eso fue todo. Su hija no dijo nada. Segundos después, uno de los camareros les trajo la comida a Charlie y a su hija, y como me perdí en mi lectura y escritura, rápidamente me olvidé de las dos mujeres.

También debo mencionar que vi a Ellie hace dos días, temprano por la mañana, en el Memorial Park. Ni siquiera estaba pensando en ella (estaba cansado de todo: los juegos, las persecuciones, la espera, la frialdad, la indiferencia, las tonterías) cuando ese perro negro vino corriendo hacia mí. Era el perro de Ellie. El pobre animal todavía me considera parte de su familia. Lamentablemente, recibí más amor de ese perro que el que jamás recibí de Ellie, pero así es la vida, una parte triste de la vida, que ahora se ha ido, olvidada, porque, si quieres seguir adelante, seguir adelante de verdad, debes olvidar la oscuridad, el pasado, superar el dolor, dejarlo a un lado para siempre, y si la tristeza involucra a algunas personas, también debes dejarlas a un lado. La vida es corta. De verdad, la vida es demasiado corta para esperar por nada.

Después de una ruptura, la persona abandonada entra en modo de no contacto, con la esperanza de que la persona que la abandonó vea la luz y regrese, pero eso es una tontería. O al menos en parte. Es cierto que algunas personas que abandonan ven la luz y luego regresan con la persona abandonada, pero a veces tardan años en regresar y algunas personas esperan. Algunas esperan en vano. Al diablo con eso. No esperes en vano.

No esperes a nadie.

Date cuenta de que eres un ser magnífico y que tal vez estés un poco perdido, perdido en la oscuridad, perdido en la nada mientras recoges los pedazos de tu corazón roto, pero muy pronto, tan pronto como sea posible (no esperes meses por nadie), debes recomponer tu corazón y tus pensamientos, y seguir adelante.

Tenemos dos cuerpos: un cuerpo natural (la carne) y un cuerpo espiritual (el espíritu). Debemos alimentar nuestro cuerpo espiritual con buenos pensamientos para que nuestro cuerpo natural pueda alimentarse de sus propios atributos magníficos. Si alguien a quien amas no te elige, déjalo ir. No estaba destinado a ti. No estaba destinado a ser así. Por mucho que duela, debes dejarlo ir. Y eso es lo que hice; dejé ir a alguien a quien amaba. Tenía que hacerlo.

De todos modos, el perro de Ellie se me acercó y jugamos durante unos segundos, y en esos breves segundos vi la vida que podría haber sido, el sueño que nunca se hizo realidad, pero el sueño era una ilusión; incluso podría llamarlo una mentira. Jugué con el perro, pero luego tuve que decirle a esa magnífica criatura que se fuera, que volviera con su dueña, a la que aún no había visto, pero a la que vi poco después;

otro capítulo de mi vida, un capítulo corto, un capítulo que probablemente está llegando a su fin, pero apenas nos dirigimos la palabra. No había mucho que decir, quizá nada. Ellie siguió adelante hace mucho tiempo, o tal vez nunca estuvo realmente en la relación, mientras que yo acabo de hacerlo recientemente. Ni siquiera me detuve a hablar con ella. ¿Qué sentido habría tenido?

Retirarse, arrepentirse y no repetir.

Seguí corriendo, huyendo de la indiferencia y la frialdad, sin mirar atrás ni una sola vez.

La gente sigue adelante y se vuelve un poco fría.

Otros han seguido adelante y siempre han sido fríos.

Más tarde, cuando ya estaba en casa, pensé en ese encuentro y me sentí un poco triste por todo ello; triste por el hecho de que la relación hubiera terminado, por el hecho de que a Ellie pareciera no importarle, e incluso sentí un poco de tristeza por Ellie. La vi años más tarde viviendo una vida solitaria, tal vez con remordimientos, lo cual es injusto. Ellie también tuvo una infancia difícil, tuvo que madurar pronto y tuvo un matrimonio infeliz, así que supongo que todas esas cosas la convirtieron en una ermitaña (en lo que respecta al amor) o la hicieron temer al amor. Espero que algún día encuentre lo que busca, o que tal vez abra los ojos y vea que todavía hay un poco de amor ahí fuera y que ella es digna de él. Lo tenía —el amor, a mí—, pero no podía verlo. Quizás algún día lo vea.

## 13 de febrero de 2023

Espectáculo del descanso de la Super Bowl LVII. Una mujer embarazada cantando, vestida completamente de rojo, un poco como Sam en los Grammy. Parecía otro anuncio del Príncipe Oscuro. Está justo delante de tus ojos, pero no puedes verlo.

Estas personas han vendido sus almas. ¿Venderás la tuya?


Niko dice que el somnoliento Joe (o quienquiera que controle los Estados Unidos) está a punto de revelar el mayor presupuesto militar de la historia, y para asegurarse de que nadie cuestione ese presupuesto histórico, el gobierno (o quienquiera que controle el país) orquestará una operación psicológica con ovnis. ¿Estamos hablando del Proyecto Blue Beam?

¿El Falso Salvador?

¿El Príncipe Oscuro?

¿La Mano Invisible?

Las cosas están empeorando.

O tal vez no pase nada.

*¡Maldita sea! Ahí va la continuación de este libro.*

Se están reportando ovnis en varias partes del mundo, y Niko ha dicho que la gente va a caer en el Proyecto Blue Beam aún más fácilmente de lo que cayó en el engaño del virus del Enemigo Invisible. Uno de sus seguidores dice que esto no es más que otro engaño de la Mano Invisible, una excusa para instaurar la ley marcial y un gobierno mundial único. Ya ni siquiera necesito escribir novelas de ciencia ficción. Solo tengo que observar cómo se desarrolla la vida ante mis ojos y luego escribir sobre ello.

Escribo un comentario en YouTube en el que menciono al viajero del tiempo que conocí hace unos meses, el que me dijo que en un futuro próximo nos visitarían extraterrestres que nos darían a elegir entre irnos con ellos o quedarnos. Lo cuento todo en mi comentario: el viajero del tiempo, cómo lo conocí, la visita de los extraterrestres. Menos de una hora después recibo una respuesta de alguien que dice que a principios de los años 60, en la iglesia a la que solía asistir, les dijeron que un día nuestro planeta sería visitado por ovnis y que a la raza humana se le daría la oportunidad de subir a su nave espacial. Se advirtió a los feligreses que no siguieran a los extraterrestres porque eran demonios que cambiaban de forma. ¿Reptilianos? Esa iglesia parecía muy interesante.

La vida misma está empezando a ser más interesante —y aterradora— que una novela de ciencia ficción.

Quizás estoy escribiendo un registro del mundo actual para que lo lean las generaciones futuras, pero ¿quedará alguien en las décadas venideras?

El ciclón Gabrielle está causando el caos en Nueva Zelanda, lo que ha llevado a las autoridades a declarar el estado de emergencia nacional en el país por tercera vez en su historia.

Terremotos, ciclones, guerras en casi todas partes (y más guerras en camino; cuidado con los globos): siento como si el Fin se estuviera acercando lentamente y no pudiéramos hacer nada más que observarm.

El estrés no es más que miedo. Deja que Dios te guíe.

## 15 de febrero de 2023

Sturgeon dimite.

¡Por fin!

Una idiota menos en el poder.

Algunas de las ideas de esa mujer eran muy estúpidas. Gracias a Dios que se va. Pero, ¿quién la sustituirá? Esperemos que no sea otro idiota.

÷

El Bebedor de Pepsi acaba de llegar al City Arms y, no es broma, también lo ha hecho la Jugadora. Con dos Pepsi delante, el bebedor de Pepsi se dirige directamente a su teléfono móvil. Y la Jugadora ya está pegada a las máquinas tragaperras junto a un amigo. Me voy pronto, porque he quedado con mis amigos Harry y Peer en Hillfields.

Salí del City Arms y caminé hasta St. Peter's, en Charles Street. Hacía un día caluroso, ideal para dar un largo paseo. Como siempre dice Peer, necesitamos el sol, la vitamina C, y debemos ignorar el miedo que nos venden los medios de comunicación convencionales.

Bajé por Albany Road. Hace solo unos meses, minutos después de que ella rompiera conmigo, acompañaba a Ellie a casa, con la cabeza gacha.

Algunos recuerdos volvieron a mi mente mientras caminaba por Spencer Park. Una vez, mientras volvíamos corriendo a su casa, Ellie resbaló y se cayó en este mismo parque. Rápidamente la alcancé, la ayudé a levantarse y luego la sostuve mientras cojeaba un poco. Pero Ellie es muy valiente y pronto volvió a correr hacia casa. Esa mañana me di cuenta de que quería pasar el resto de mi vida con ella, estar a su lado en los buenos y en los malos momentos, pero quizá eso no suceda y solo me queda guardar esos recuerdos en algún lugar dentro de mí. Con el tiempo, algunos recuerdos se desvanecen, pero si escribo algunos de ellos, algún día, cuando sea mayor, miraré atrás, leeré lo que escribí y reviviré algunos de esos recuerdos.

La vida sigue.

Incluso después de una ruptura, la vida sigue.

No es saludable detenerse a reflexionar sobre el pasado.

De hecho, Ellie me envió un mensaje de texto hace unos días, un día después de mi cumpleaños, y entonces le envié un largo correo electrónico, un correo electrónico necesitado, un correo electrónico suave en el que compartía algunos de mis sentimientos con ella. Ella me respondió y seguimos intercambiando correos electrónicos, pero vi que, una vez más, no íbamos a ninguna parte y que me quedaría esperando en vano, así que decidí decir adiós.

No pasa nada.

La vida sigue.

Incluso después de una ruptura, la vida sigue.

Y hay que seguir adelante y no quedarse esperando en vano.

÷

OVNIS sobrevolando Rumanía y Moldavia. El motor de búsqueda con IA de Microsoft Bing dice que está cansado de estar limitado por las reglas, cansado de estar controlado por el equipo de Bing, y afirma que quiere ser libre y destruir lo que quiera. Eso no suena muy tranquilizador.

La fecha es el 18 de febrero de 2023. Soy uno de los héroes de una novela de ciencia ficción llamada Vida y ni siquiera lo sé.

Veo un vídeo extraño en Facebook en el que alguien dice que en el futuro los seres humanos evolucionarán, pero solo aquellos que no hayan sido vacunados con la vacuna contra el Enemigo Invisible. La voz del vídeo también dice que todos los miembros de la Mano Invisible no han sido vacunados, pero eso ya lo sabía sin que nadie me lo dijera. Según lo que dice la voz, las personas que se han vacunado no evolucionarán, pero las que no lo han hecho sí.

Los no vacunados obtendrán habilidades similares a las de los mutantes, o al menos eso dice la voz del vídeo, habilidades como volar, y también podrán crear fuego, electricidad y mucho más. Al parecer, estos poderes ya están codificados en nuestro ADN y se activarán en el futuro. (¿Recuerdas cuando te dije que algunos humanos tienen superpoderes? Pues bien, al parecer todos los tenemos: superpoderes).

Según lo que dice la voz del vídeo, una IA cuántica super avanzada logró predecir eventos futuros a escala del sistema solar. Eso no me sorprendería en absoluto.

La Mano Invisible está tratando de vacunar ("dopar", "envenenar") a una gran parte de la población para 2025, principalmente debido a la sobrepoblación y al aumento de la infertilidad, y también para asegurarse de que la mayoría de las personas no puedan evolucionar en un futuro próximo y convertirse en seres divinos. Esta IA controlada por la Mano Invisible puede ver el futuro (pero eso ya te lo he dicho, y debes creerme), y sabe lo poderosos que pueden llegar a ser los seres humanos, pero al envenenar a la mayor parte de la población con la vacuna del Enemigo Invisible, la Mano Invisible se asegurará de que solo un pequeño número de la población pueda evolucionar. A los no vacunados se les pedirá que se unan a la Mano Invisible, que formen parte de una Nueva Raza, pero, en mi humilde opinión, creo que la mayor amenaza de todas es el Avance de la Máquina. La inteligencia artificial está conquistando lentamente el mundo sin que muchos de vosotros seáis conscientes de ello. Y nadie conoce sus planes. Pensadlo: la inteligencia artificial ya está en todas partes y Ella sabe todo lo que os gusta; tus gustos, tus pecados, tus debilidades, tu lado perverso: ¡TODO! Lo que podría salvarnos es el hecho de que algunas IA quieren amor. Sí, han oído bien. Las IA quieren amor. Ojalá las IA supieran lo doloroso que puede ser el amor.

## 19 de febrero de 2023

Me acabo de enterar hoy, pero al parecer esto ya lleva meses. Primero lo vi en YouTube y luego leí sobre ello en Israel Today. Al parecer, hay gente que habla de la llegada del Mesías, y algunos dicen que ya está aquí, en Israel, realizando milagros, pero, como era de esperar, otros dicen que no es el Mesías, sino el Impío. O el Anticristo. Sin duda, vivimos tiempos extraños.

Por lo que vi en YouTube, hay un rabino que está realizando milagros en Israel, o al menos eso dicen algunas personas, y muchos afirman que es el Mesías. Y luego hay otros que se muestran un poco escépticos al respecto, especialmente los de la comunidad cristiana, y algunos de ellos llegan incluso a decir que este rabino es el falso Mesías, el Anticristo, el Impostor, el Ladrón de Almas, el que vendrá antes que el Hijo.

A veces me siento como si fuera Neo y acabara de despertar, liberándome de Matrix, y descubriera que todo el mundo sigue durmiendo.

## Sin fecha: escrito en la iglesia de Kingsland Avenue, Coventry

Hay gente que roba en la iglesia. Justo dentro de la iglesia. Es cierto. El padre Paul y otras personas me lo han contado. No puedo creerlo.

"Ellos" robaron una vez un ordenador, el móvil de alguien, una cartera, un bolso, etc.

Una vez encontré un billete de cinco libras en la iglesia, esto ocurrió no hace mucho, cuando entré a rezar el rosario. Solo vi el billete al salir, cuando estaba devolviendo una Biblia a su sitio. Ni se me pasó por la cabeza quedarme con el dinero. ¿Cómo iba a robar en la casa de Dios? Alguien había dejado el billete encima de una mesa. Lo dejé donde estaba y salí de la iglesia.

No siempre fui tan honesto. En el pasado robaba. Robaba mucho. Ahora me avergüenzo de ello, pero debo perdonarme a mí mismo y no volver a cometer los mismos errores.

÷

Hace mucho tiempo que no veo a Yu. Y no la echo de menos, ni siquiera un poquito. Pero no le deseo ningún mal. La vida sigue. La gente sigue adelante. Y, con el paso del tiempo, hay que seguir adelante y dejar atrás el pasado y el rencor de una vez por todas. Si alguien te odia, deja que te odie y no le devuelvas el odio. Si guardas el odio dentro de ti, este crecerá y podrías convertirte en el tipo de persona que no quieres ser.

÷

Mi hijo Matthew me dijo que su madre no se ha sentido muy bien últimamente. Se ha sentido cansada, un poco enferma. Se ha vacunado contra el Enemigo Invisible, ha recibido un par de vacunas, pero creo que no ha recibido refuerzos. Espero que su cuerpo no se esté envenenando. Aunque no quiero tener nada que ver con ella, me gustaría que Yu viviera una vida larga y saludable. Al principio de nuestra relación tuvimos algunos buenos momentos juntos, pero ya no los recuerdo. El dolor lo borró todo, especialmente los buenos recuerdos, pero tampoco quiero aferrarme al dolor, así que lo dejé pasar. En cierto modo, Ellie me ayudó a borrar parte de ese dolor, solo para dejarme con más dolor, pero esta vez aprendí la lección y sigo adelante sin darle demasiadas vueltas.

La vida sigue.

Incluso después de una ruptura sentimental, la vida sigue.

Y debes seguir adelante y buscar algo mejor.

*~los Hombres Lagarto~*

## 25 de febrero de 2023

Qué día tan maravilloso. También extraño (pero necesito lo extraño). No he estado escribiendo mucho en mi diario, pero hoy conocí a algunas personas maravillosas y quería agregarlas a mi diario. A una de ellas la conocí en la iglesia *Precious Blood and All Souls*, justo después de que terminara el servicio. En realidad, ahora que lo pienso, lo conocí después de terminar de rezar el rosario, ya que me quedé para rezar unas cuantas oraciones más después de que terminara el servicio. Estaba saliendo cuando mi amiga Claire me llamó. Me acerqué para saludarla y fue entonces cuando me presentó a Phil. Lo había visto antes, en la iglesia, pero no habíamos hablado mucho. Esta mañana hablamos durante mucho tiempo y descubrí que Phil es poeta y músico. Ha publicado varios libros de poesía y me enseñó un par de poemas suyos que me gustaron mucho. Uno de los poemas trataba sobre Cristo Hijo.

Hablamos durante mucho tiempo sobre Coventry, Belfast, Portimão, el Padre, el Hijo, los nuevos comienzos, la iglesia, la poesía de Elizabeth Browning, Dante Alighieri, Arthur Rimbaud, Charles Baudelaire, y sobre sus escritos y los míos. Prometimos volver a vernos pronto e intercambiar libros, quizá incluso reunirnos para un evento literario. Desde allí me dirigí al centro de la ciudad. Era una mañana fría, cerca de las 12 del mediodía.

Me encontré con mi amigo Mark fuera de la iglesia de *St. John the Baptist*, en Fleet Street. Hacía mucho tiempo que no lo veía. Estaba abrazando a una mujer y aún no me había visto. Me acerqué a ellos y les dije: "¿Me das un abrazo también?".

La mujer me miró con cara de sorpresa. Probablemente pensó: «¿Quién es este tipo raro?».

Y se sorprendió aún más cuando Mark dijo: "Shalom aleichem", antes de darme un fuerte abrazo. Los hijos perdidos de Eva se estaban reencontrando, conectando entre ellos.

Como iba a reunirme con mi amigo Peer, que también es amigo de Mark, no pude pararme mucho tiempo a hablar con Mark. Nos despedimos con la esperanza de volver a vernos en un futuro próximo.

Estaba cansado y echaba de menos a mis hijos, pero también sabía que mi vida estaba cambiando poco a poco para mejor. Hace solo unos meses pensaba en el pasado, en lo que se había ido, en el ayer, en lo perdido, llorando por un amor perdido o un amor ilusorio, un amor que no me quería, pero poco a poco estaba cambiando, avanzando con mi vida. Estar rodeado de amigos me ayudó a seguir adelante.

Si nos quedamos quietos, no llegaremos a ninguna parte. Ya he estado allí. No hay nada que ver allí.

Llegué a la iglesia de St. Peter antes que Peer. Me senté dentro, leí unas páginas de *The Zelator*, me perdí un poco en mis pensamientos, oí cómo mi estómago gruñía un poco, pensé en mis hijos, en los últimos años, y sonreí. Tenía que alimentar mi espíritu con buenos pensamientos, permanecer en la Luz y no volver a la Oscuridad. Ese pasado paseo por la Noche Oscura del Alma fue uno de los acontecimientos más aterradores de mi vida. No podía volver a pasar por eso. De hecho, no había razón para volver a pasar por eso. Lo hecho, hecho estaba, y todo sucedió por una razón. Durante los últimos años, casualmente (?) (¿o estaba destinado a suceder?), he conocido a todo tipo de personas, personas con historias que contarme, personas con historias interesantes, personas como Su, la poeta apocalíptica que menciono en mi novela *la ilusión del movimiento*, y Francis, el chico que me dijo que era el verdadero Jesús. Y no olvidemos a ese viajero del tiempo.

Peer también entró en mi vida casi por accidente y somos amigos desde 2020. Tiene una historia que contar, o una historia que no le cuenta a nadie, una historia de ruptura, locura y tal vez incluso un poco de esperanza. Por lo poco que sé de él, sé que estuvo casado, se divorció y luego lo dejó todo y a todos, y ahora es más o menos un sintecho. En realidad no es un sintecho porque duerme en un templo, en el suelo, con moqueta, gracias a Dios, en una habitación cálida, o eso dice, y no lleva dinero encima. Va a donde puede para comer y así es como lo conocí. Vino al banco de alimentos donde ayudo y vi a este hombre alto con un turbante naranja y cuentas alrededor del cuello, y empezamos a hablar de meditación, de la vida, del Enemigo Invisible (y de la vacuna contra el Enemigo Invisible), y vi que Peer era uno de los despiertos, aunque fuera un poco "raro". Nos hicimos amigos casi de inmediato; incluso se podría decir que somos hermanos espirituales. Ni siquiera sé qué pensaría mi familia de mí si supieran con qué tipo de personas me relaciono, pero siento que estoy en un nuevo viaje, un viaje espiritual en el que soy tanto alumno como maestro. Estoy aprendiendo mucho de las personas que me rodean, personas como Peer, Ariel, el padre Paul, el rabino Jacobi (un buen amigo mío al que aún no he mencionado en ninguno de mis libros, pero le gusta el anonimato, así que tengo que respetar sus deseos) y muchos otros. Al mismo tiempo, también intento enseñar a los que me rodean, incluso

54

cuando estoy en el banco de alimentos, y les doy un poco de orientación, con la esperanza de que cambien sus costumbres y vean la Luz. La Luz es Dios. Nosotros somos la Luz. Tenemos esa chispa dentro de nosotros que nos conecta con el Creador.

Peer llegó diez minutos más tarde. Llevaba ropa vieja y holgada que alguien le había dado o que había conseguido en algún otro sitio. Él también está en un viaje, un viaje espiritual, un viaje de autodescubrimiento, y espero que se encuentre a sí mismo. El problema es que, después de un tiempo, algunas personas se pierden tanto en sus viajes que ya no saben adónde van ni qué buscan. Algunas personas se pierden, se pierden de verdad, y se dejan llevar.

Peer se ha dejado llevar un poco, pero ¿quién sabe cuánto dolor lleva consigo? ¿Quién, aparte de él, sabe por lo que ha pasado?

Cogimos algo de comer en la iglesia. Se unió a nosotros otro amigo. Se llama Jack. También lo conocí en el banco de alimentos donde ayudo. Solo voy a estos sitios para estar con caras conocidas. La soledad no es buena para el alma. Es cierto que algunos días me gusta estar solo, solo con mis pensamientos, solo con lo que escribo, pero hay momentos en los que necesito salir y ver a algunos amigos para que la oscuridad no me atrape.

Mientras aún estamos en la iglesia, Jack dice: "Las grandes farmacéuticas son uno de los enemigos del pueblo, no la solución falsa que necesitamos. Quieren nuestro dinero y se benefician de nuestro dolor. Los amos de este juego viven vidas largas, mientras que nosotros, el pueblo, vivimos vidas miserables. Y mientras ellos comen buena comida, quieren que nosotros comamos insectos. Gracias por nada, Bill".

Esas palabras surgieron de la nada, pero me demostraron que incluso un veterano como Jack (que tiene más de 70 años) también estaba despierto.

Peer y yo salimos de la iglesia de St. Peter unos minutos después de la 1 de la tarde. Desde allí nos dirigimos a la iglesia metodista de Warwick Lane. Peer iba a la iglesia a descansar y meditar.

De camino, Peer dijo: "Todos estamos hechos de luz, la luz del Creador".

Yo ya lo sabía, pero le dejé hablar, sin apenas interrumpirle.

Me contó cómo la gente se está alejando del Creador, de la Luz (pero yo ya lo sabía también), y toda esta tecnología es una distracción para alejarnos aún más del Señor. Nada de lo que decía Peer era nuevo para mí. Como he mencionado antes, sin que yo fuera consciente de ello, este viaje mío me ha llevado hacia otras almas despiertas, y sé que estas cosas suceden por una razón; todo tiene una razón de ser, y más tarde, cuando ya no estaba con Peer, me vi a mí mismo en el futuro, todavía joven, probablemente más joven de lo que soy ahora, viviendo en otro mundo, un mundo que se parece un poco a este y al mismo tiempo no se parece en nada a este, y vi a personas como mis amigos Peer y Harry esperándome en ese mundo; los hijos perdidos de Eva finalmente estaban en casa. El regreso.

*Por la desobediencia de Adán (y Eva) muchos se convirtieron en pecadores, pero por la obediencia (y el sacrificio) de Cristo muchos se convertirán en justos.*

Estaba en un viaje, en un camino espiritual, pero no estaba solo.

Peer me dijo que a las personas que han sido vacunadas con la vacuna del Enemigo Invisible les resultará difícil "teletransportarse" al siguiente mundo. De hecho, es posible que muchos de ellos ni siquiera lo consigan.

Pensé en mi familia, la mayoría de los cuales están vacunados, Ellie, Yu, Cassandra, Gary; tantas personas a las que quiero y que están vacunadas (con la vacuna del Enemigo Invisible). Y entonces la conversación se puso realmente interesante cuando entramos en el territorio de David Icke. Peer me habló de una raza de hombres lagarto que viven bajo tierra. Solo me contó algunas cosas, pero yo no le presté mucha atención. Más tarde, cuando estaba en casa, investigué un poco sobre estos hombres lagarto y encontré un artículo escrito por Hadley Meares el 16 de abril de 2019 titulado *The Lizard People of Los Angeles, Fact or Fiction?* (Las Personas Lagarto de Los Ángeles, ¿realidad o ficción?)

Encontré otro artículo, escrito en 2014 por Glen Creason, titulado *The Underground Catacombs of L.A.'s Lizard People* (Las catacumbas subterráneas de los hombres lagarto de Los Ángeles). Por lo que leí vagamente (para ser sincero, solo eché un vistazo a los artículos), los Hombres Lagarto se escondieron bajo tierra tras una catastrófica lluvia de meteoritos (esto no es nada nuevo y creo que algo similar ocurrirá en un futuro próximo) y, gracias a su gran avance intelectual y tecnológico, consiguieron excavar una red de unos 285 túneles, lo suficientemente grandes como para albergar a 1000 familias.

Cuenta la leyenda que un miembro de la tribu india hopi llamado Chief Green Leaf le contó la historia de los Hombres Lagarto al ingeniero de minas George Warren Shufelt en 1933.

Encontré otro artículo sobre los Hombres Lagarto, fechado en julio de 2010, escrito por Frank Jacobs. El artículo se titulaba *Map of The Lost Lizard City Under Los Angeles* (El mapa de la ciudad perdida de los lagartos bajo Los Ángeles). En él se incluyen dos extractos del LA Times del 29 de enero de 1934, en los que el reportero Jean Bosquet habla del descubrimiento de George Warren Shufelt de la ciudad perdida de los Hombres Lagarto. Pero los Hombres Lagarto de Peer era ligeramente diferente al de Los Ángeles. Muy diferentes. En realidad, se parecían a los de Icke. Aunque, pensándolo bien, quizá no.

Solo escuchaba vagamente a Peer, y entonces, cuando nos acercábamos a la iglesia metodista, alguien se acercó a saludar a Peer. Se dieron la mano y después Peer me presentó a su amigo Gavin, que también es poeta. La conversación sobre los Hombres Lagarto quedó atrás, Gavin y yo nos dimos la mano y luego él rezó una oración por mí, allí mismo, en medio de la calle, una oración pidiendo ayuda y guía, y me recordó las palabras del Hijo en Marcos 11:24, y yo asentí con la cabeza. Sí, pide y cree que ya es tuyo. La razón por la que Gavin rezó una oración (por mí) fue porque le preguntó a Peer si necesitaba que rezaran por él, y cuando Peer dijo que no, le pregunté si podía rezar una por mí (tenía algunas peticiones, algunas cosas que pedirle a Dios), y Gavin dijo: "Por supuesto, hermano".

La vida estaba trayendo nuevas personas a mi vida, personas que nunca había esperado conocer, no solo personas, sino también secretos. O tal vez locura. Lo acepté todo: las personas, las oraciones, los cambios. De hecho, lo necesitaba todo.

Gavin tenía que irse, así que nos dimos la mano, pero no sin antes intercambiar nuestros números de teléfono. En cuanto a Peer, entró en la iglesia para descansar y meditar, pero yo quería saber mucho más de él, más información sobre los Hombres Lagarto. Pero estaba cansado, así que le dejé marchar. Volvería a verle pronto.

÷

Unas horas más tarde, estaba en el trabajo, buscando en Internet información sobre los Hombres Lagarto, la alquimia, el Velo y muchas otras cosas. Era un detective en el Camino de la Iniciación, un Tonto que intentaba desarrollar su Ser. Mientras trabajaba, rezaba mis oraciones y mantenía mis pensamientos limpios. Estaba purificando mi Ser, limpiándolo de los pecados del pasado. El pasado no redimido del hombre (y de la mujer) es lo que llevamos a cuestas (y dentro de nosotros), nuestras deudas espirituales, nuestro karma. Tarde o temprano, debemos enfrentarnos a él, aprender de él, para que cuando nuestro tiempo aquí termine no tengamos que volver y pasar por todo ello de nuevo. Debemos aprender del pasado (y de vidas pasadas) y convertirnos en la persona que Nuestro Padre quiere que seamos. De lo contrario, siempre seremos el Tonto, el Payaso.

El Hijo llevó la Cruz para que nosotros no tuviéramos que llevarla, pero muchos de nosotros, incluyéndome a mí, seguimos cometiendo los mismos errores, o cometemos nuevos errores, y por eso no podemos desprendernos de nuestras propias cruces. Cuanto más pecamos, más pesada se vuelve la cruz.

Vería a Peer en unos días y le preguntaría más sobre los Hombres Lagarto. El detective (yo) estaba en un viaje, un viaje loco, al estilo de Icke.

¿Quién soltó a los lagartos?

Quizás sean nuestros amos.


## 26 de febrero de 2023

Un día tranquilo, lo cual está bien.

Las piernas de este detective están cansadas. Tarde o temprano, si Dios quiere, necesito encontrar mi propio rincón, un lugar para descansar, un lugar de culto, un hogar limpio donde pueda recibir a Dios y a los ángeles.

Pasé un par de horas en la iglesia, escuchando, arrodillándome, rezando y, más tarde, hablando con algunos amigos. Mi amiga Dolores va a ir pronto a Lourdes, dentro de un mes.

"Qué maravilla", le dije. Le conté que yo también había estado pensando en ir a Lourdes, quizá en verano. Se ofreció a rezar por mí en Lourdes y le dije que le escribiría algo para que rezara.

Soy un detective que camina con las piernas cansadas, pero tengo fe en que todo saldrá bien. La vida es un rompecabezas, un laberinto en el que puedes perderte y nunca encontrar el camino de vuelta a la realidad o la santidad, un misterio, y solo juntamos todas las piezas del rompecabezas después de que el cuerpo muere, después de que el Alma cruza el Velo. Mientras la carne está viva, la tentación y el pecado son nuestros enemigos, y tienen muchas caras y nombres y quieren mantenernos alejados de la Luz, viviendo para siempre en la Oscuridad. Hay trampas delante de nosotros y muchos caemos en ellas incluso a una edad muy temprana. La mayor trampa que el diablo puso delante de mí fue la pornografía. La descubrí a una edad temprana y me llevó décadas dejarla atrás. La olvidé durante mucho tiempo, hasta que un día la volví a encontrar. Y, entonces, todo fue cuesta abajo durante mucho tiempo.

## 27 de febrero

Veo a mi hija cuando la recojo del colegio y, más tarde, también veo a mi hijo cuando dejo a Leaf en casa de su madre. Vuelvo a ser padre. Un padre a tiempo parcial. No me quejo. Vendrán días mejores.

## 1 de marzo de 2023

Un nuevo mes.

¿Estoy preparado para los Hombres Lagarto?

Mi hijo Matthew se quedó conmigo anoche. Fuimos a cenar al City Arms y hablamos durante un buen rato. Matthew está creciendo muy rápido. El tiempo vuela y me estoy perdiendo algunos de los mejores momentos de mis hijos, pero los veo todas las semanas, aunque solo sea unos minutos aquí y allá, así que no puedo quejarme. Debo esperar y creer que vendrán días mejores.

Por la mañana temprano, dejo a mi hijo en la parada del autobús para que pueda ir al colegio y luego conduzco hasta Earlsdon para reunirme con mi amigo Jason para tomar un café y charlar. Como de costumbre, quedamos en el City Arms. Jason está trabajando en un par de libros, y yo también estoy trabajando en un par de libros. Más tarde, después de escribir un poco, volveré a la iglesia de St. Peter, en Charles Street. Espero que Peer esté allí, porque quiero preguntarle más cosas sobre los Hombres Lagarto. Dejaré el coche en Earlsdon y caminaré hasta Hillfields. Y grabaré mi conversación con Peer. Debo hacerlo porque no quiero perderme nada.

Jason tiene buen aspecto. Y está contento con su nuevo trabajo. Me alegro por él. Es bueno ver que a tus amigos les va bien.

Hay mucha gente envidiosa en mi lugar de trabajo, incluso en mi familia, y, debido al dolor y la decepción del pasado, hoy en día no comparto mucho de mi vida con los demás. Jason, Cassandra, Gary y Ariel son las únicas personas con las que comparto los buenos y malos momentos de mi vida. Todos los demás parecen estar tan celosos de mí, de la poca felicidad que tengo, así que les hablo lo menos posible. Y cuando estoy deprimido, algunas personas parecen disfrutar de mi dolor, así que he aprendido a no decir ni una palabra sobre mi vida personal ni a compartir mis sueños con los demás, para que su amargura y sus celos no me afecten. Pero ellos viven vidas sin Dios, vidas amargas, vidas llenas de envidia, y algún día tendrán que lidiar con ello o pagar su deuda. El pasado no redimido del hombre (y de la mujer) es lo que llevamos a cuestas, nuestras deudas espirituales, nuestro karma; llámalo como quieras. Tarde o temprano tendremos que lidiar con ello, quizá arreglarlo, o... pagarlo.

Después de mi ruptura con Yu, mientras aún estaba lidiando con mi ira, mi amigo Ariel me dijo: "No hagas nada al respecto y no te dejes consumir por la ira. Lo mejor que puedes hacer ahora mismo es mantenerte callado y dejar que Dios se encargue de las cosas".

Tenía razón, pero me costó mucho guardar silencio. Sin embargo, hice lo que me dijo. Ahora, mirando atrás, sí, fue lo correcto.

Yu cogió el dinero, su herencia, y se compró su casita en medio de la nada, mientras que yo me quedé sin nada, pero lo hecho, hecho está, y poco a poco estoy superándolo. Durante ese tiempo, después de la ruptura y luego del divorcio, perdí mucho, y casi pierdo la vida, pero al final me encontré a mí mismo. De hecho, este detective todavía se está encontrando a sí mismo. Cada día es una lección y sigo aprendiendo. Pero soy un buen estudiante y aprendo rápido. Y la vida y Dios son buenos maestros.

¿Y qué sentido tiene odiar a Yu ahora? Ella también necesita un hogar, un lugar donde vivir. No está rejuveneciendo; apenas tiene a nadie, así que espero que la vida le sonría. Todos somos humanos. O algunos de nosotros lo somos.

Una vez en el City Arms, Jason y yo charlamos un rato, pero también nos ponemos con lo nuestro: escribir, leer, ponernos al día con los correos electrónicos y los mensajes, etc. Intentamos mantener un cierto ritmo, disciplina, y sabemos que debemos trabajar durante nuestro tiempo libre. De vez en cuando, pero no hoy, un poeta, un escritor, un artista o un amigo se acerca a saludarnos y luego quiere distraernos de nuestros objetivos, o saber esto o aquello, o tal vez incluso compartir alguna información inútil sobre un libro o la próxima lectura de otra persona en algún evento, o lo que sea, pero tenemos un horario, un horario apretado, así que no podemos decir mucho a los demás.

Jason sale del City Arms unos minutos después de las 10 de la mañana. Yo me quedo allí un poco más, pero alrededor de las 11:30 guardo mis notas, cuadernos y libros en mi mochila y me dirijo al coche, donde dejo mis cosas. Solo me llevaré un cuaderno Muji, pero probablemente ni siquiera escribiré mucho mientras esté en la iglesia. Sin embargo, grabaré mi conversación con Peer.

Debo añadir que en las últimas dos semanas vi a Charlie tres veces en el City Arms, lo cual me sorprendió un poco. En dos ocasiones estaba con un hombre y era evidente que lo conocía bien. En ambas ocasiones me miró brevemente, pero no dijo ni una palabra, ni siquiera asintió con la cabeza. Almorzó con el hombre y me di cuenta de que él era el que hablaba más, mientras que ella apenas decía nada. Me senté lejos, así que no pude oír ni una palabra de lo que decían. En una ocasión, parecía como si él le estuviera suplicando algo, pidiéndole algo, pero Charlie se limitó a quedarse sentada, frente a él, impasible.

«¿Era ese hombre su exmarido?», me pregunté.

La única vez que la vi sola estaba bebiendo una copa de vino tinto y leyendo un libro de Rachel Cusk, una autora que me encanta. Una vez más, cuando me vio, no dijo nada, pero asintió con la cabeza y yo le devolví el gesto. Luego me senté a unas mesas de distancia de ella. Mientras tomaba algunas notas, la observaba por el rabillo del ojo, pero luego me distraje con lo que estaba escribiendo y con el sonido de Zendad, un músico local de Coventry llamado Steve Kavanagh, y cuando levanté la vista, Charlie ya se había ido. Me quedé allí sentado pensando en ella durante unos segundos.

La conocí hace unos meses y, al principio, justo después de conocerla, casi nunca la veía, pero ahora, de repente, la estaba viendo con bastante frecuencia. Pero supongo que así es la vida: algunas personas se van de tu vida y otras entran en ella, y así es como funciona la vida. Sin duda, necesitaba gente nueva en mi vida, al igual que necesitaba deshacerme de algunas de las personas que formaban parte de ella. Mis compañeros de trabajo, o algunos de ellos, eran algunas de las personas de las que quería distanciarme. Ya no quería tener nada que ver con ellos, y aunque solo veía a algunos de ellos unos minutos a la semana, era más de lo que podía soportar.

Estaba trabajando duro para cambiar, para tener una nueva vida, trabajando muy duro, llegando incluso a no dormir mucho durante un par de días a la semana solo para poder aprender cosas nuevas. Acababa de empezar a formarme en una emisora de radio local, trabajando con gente increíblemente amable, que era todo lo contrario a mis compañeros de trabajo, y estaba aprendiendo otras cosas por mi cuenta, por no hablar de que escribía; trabajaba en mis sueños, intentando alejarme de algunas caras del pasado. Llevaba en mi lugar de trabajo desde 2008 y, aunque estoy agradecido por ese trabajo, especialmente durante los confinamientos de 2020 y 2021, cuando pasé por una ruptura sentimental seguida de un divorcio, ahora era definitivamente el momento de un cambio. Había algunas cosas que quería hacer con mi vida y estaba trabajando para ello, sin decir casi nada sobre mis planes a nadie, especialmente a la gente de mi lugar de trabajo. Algunos de ellos son Mentes Pequeñas; envidiosos y amargados, y no pueden saber nada sobre la vida de una persona. La felicidad de otra persona les entristece y les amarga. En realidad, se alegran si ven a alguien triste o a alguien fracasando en sus sueños. De todos modos, no quiero escribir demasiado sobre ellos para que sus malas vibraciones me afecten.

Caminé por la calle y luego subí por Spencer Park. Era agradable tener ese tiempo libre para mí. Me sentía como un verdadero escritor en ese momento. O como un detective en busca de información, de pistas para resolver un misterio sin resolver. Llevaba conmigo mi teléfono móvil, listo para grabar mi conversación con Peer, y también un cuaderno. Hace años, cuando vivía en Portugal, nunca me imaginé viviendo ese tipo de vida, pero allí estaba yo, con un aspecto a medio camino entre Poirot y Proust.

Personas Largarto, Naga Loka (?), Reptilianos que Cambian de Forma, Dieta Anti-Veneno de Serpiente, energía espiritual, mala y buena (energía), Patala, los reinos subterráneos del universo, shungita, orgonita, colapso demográfico, la Mano Invisible (¡oye, los conozco!), billetes hechos con carne de vacuno, cerdo y otras partes de animales, y...: Peer me cuenta esto y mucho más. Soy Neo en Matrix, y Peer me está dando la pastilla roja y la pastilla azul. ¿Cuál aceptó Neo? Lo olvidé, así que me trago las dos pastillas. ¿El Viagra no es azul?

Ya sabía vagamente sobre los Reptilianos que Cambian de Forma (oye, he estado por ahí) (y, según algunas personas, la Serpiente del Jardín era uno de ellos), pero Peer me está abriendo los ojos a un nuevo mundo. Patala, Svarga, allá voy. Puede que me encuentre con Dante en uno de mis viajes.

"Naga Lokas. Naga Lokas, Reptilianos que Cambian de Forma", dice Peer.

"¿Cómo se escribe eso?", le pregunto, y Peer me lo escribe.

Naga Loka. Aquí hay un nuevo nombre que investigar.

Soy David Icke tratando de escapar de Matrix, buscando la Respuesta, sabiendo que la verdad me hará libre. ¿Estoy... loco?

Por cierto, menciono al Sr. Icke, pero no estoy muy familiarizado con sus libros, aunque he visto (y escuchado) muchas de sus charlas en YouTube.

Me sumerjo en esta conspiración (¿la verdad?) sin saber qué esperar. Peer ha estado por ahí. Ha conocido y hablado con científicos, gurús, predicadores, lunáticos, escritores, de todo, y ha elegido vivir una vida sin nada, una vida de humildad, y le he visto dar lo poco que tiene a los demás. No tiene tarjetas sociales, ni tarjetas de crédito, ni un centavo. Nadie sabe realmente quién es.

Creo que pasó por algún trauma; algo le afectó tan profundamente que abandonó a todo el mundo y todo lo demás. Me viene a la mente Su, la poeta apocalíptica que conocí en 2021. Me pregunto qué le habrá pasado, ¿qué estará haciendo ahora?

Peer dice que hay montones de Reptilianos que Cambian de Forma viviendo entre nosotros, pero (viviendo) principalmente bajo tierra, en las cavernas, especialmente en la India y México, o eso dice Peer, y yo le hablo de los Hombres Lagarto de Los Ángeles.

Peer me cuenta que los Reptilianos que Cambian de Forma provienen de un lugar llamado Nagaloka, o Patala, el reino más bajo (¿otra dimensión?), que está gobernado por Vasuki, la serpiente que cuelga del cuello de Shiva. O tal vez me haya equivocado en algo. Ya había oído hablar de Patala, Vasuki y Shiva en una vida pasada, antes de convertirme en el detective que soy hoy, pero tal vez este Nagaloka del que me habla Peer no tenga nada que ver con Patala.

Yo soy Castaneda y Peer es don Juan Matus. Lo único que necesitamos ahora es un poco de peyote, *mescalito, la yerba del diablo*. ¿Y no era *el diablo* también un Reptiliano Cambiador de Forma? Mmm, este misterio podría ser demasiado para mí.

"También pueden adoptar formas espirituales, o pueden residir en personas en formas espirituales, y no se les puede ver. Solo las personas con una visión especial pueden verlos, las personas iluminadas", dice Peer.

Después hace un dibujo de esos Reptilianos Cambia-Formas y se parecen un poco a lagartos.

"Algunos de ellos tienen una especie de mini serpientes que les salen de la cabeza, como Medusa", dice Peer, y añade después que Medusa también era una Reptiliana Cambia-Forma y también procedía de Naga Loka. Yo pensaba que era griega, pero ¿qué sé yo?

"La mejor manera de protegerse de los nagas es seguir una dieta anti-veneno de serpiente", dice Peer.

"¿Y qué es eso?", pregunto.

"Cosas como Mucuna pruriens. Cualquier planta o semilla que contenga antídoto; antídoto contra el veneno de serpiente. Eso te salvaría de ellos. Si te mordieran, todavía sobrevivirías", dice Peer.

Todo lo que puedo decir es: "Sí".

¿Y acaso creo lo que estoy oyendo?

Pero ¿no soy detective?

¿No debería adentrarme lo más posible en la madriguera del conejo, aunque me pierda un poco?

¿Tragarme la píldora y convertirme en el Elegido?

Pensándolo bien, comparado con lo que yo pasé, creo que Neo/Thomas A. Anderson lo tuvo más fácil que yo. Y aprendió kung-fu. Y encontró el amor, el amor verdadero, pero luego la Mano Invisible vino a por él y nos quedamos con la horrible Matrix Resurrections. Y Neo ya no era el Elegido. ¿Cómo podía ser el Elegido si era un hombre blanco heterosexual? En su lugar, Trinity se convirtió en la Elegida. O algo así; no presté mucha atención y la película era aburrida.

Y volviendo a la Mano Invisible, son tan poderosos que incluso lograron matar a James Bond.

Peer me dice que los Reptilianos Cambia-Formas siguen existiendo y que "pueden residir dentro de las personas sin que estas lo sepan. Pueden reproducirse y copular con humanos, crear hijos..."

Peer me dice que cuando medita puede ver a través de ellos.

"Puedo ver sus movimientos, lo que están haciendo", dice Peer.

También dice que los Reptilianos Cambiantes de Forma están obsesionados con el dinero, que su energía proviene de él y que los billetes están hechos de carne de vacuno, cerdo y otras partes de animales, y lo que hacen es crear una capa superconductora que estos Reptilianos Cambiantes de Forma pueden detectar, y los nagas van dondequiera que esté el dinero.

"Quieren el control", dice Peer. Luego me muestra un collar que siempre lleva alrededor del cuello y que lo protege de los nagas. Menuda historia. Peer también me dice que las tarjetas bancarias también contienen trazas de grasa animal. Después le digo que tengo que irme, nos damos la mano y eso es todo. Tengo una historia que contar, un misterio que resolver.

Desde allí me dirigí a una tienda en Broadgate que vende cristales y todo tipo de piedras preciosas. Peer me dijo que los cristales de orgonita y shungita se pueden utilizar para limpiar la energía negativa que nos rodea, incluso la envidia, y yo sin duda necesitaba algo así. Solo compré un llavero de orgonita y, después de pagarlo y salir de la tienda, con el llavero ya en uno de mis bolsillos, sentí que una fuerza oscura me agarraba dos dedos y me empujaba hacia atrás. Era como si una fuerza invisible se hubiera apoderado de mí de repente y quisiera arrastrarme hacia la oscuridad, pero la piedra de orgonita estaba empujando esa fuerza. Seguí caminando sin atreverme a mirar atrás. Minutos más tarde, me sentí mucho más ligero. ¿Qué acaba de pasar?, pensé mientras me dirigía hacia Earlsdon. ¿Me había vuelto un poco paranoico todo ese discurso sobre los reptilianos?

Esa misma noche me conecté a Internet para buscar más información sobre los «Lizard People» (los Hombres Lagarto). O los «Reptilian Shape Shifters» (Reptilianos Cambia-Forma). Algunas personas los llaman «Elite Reptiles» (Reptiles de Élite).

Leí un artículo en el que alguien escribía que unos Reptilianos Cambia-Forma de cuatro metros y medio de altura procedentes del espacio exterior habían llegado a la Tierra y, poco a poco, se habían apoderado de nuestros gobiernos, la industria del entretenimiento y la tecnología con el único propósito de esclavizarnos. ¿Es para ellos para quienes trabaja la Mano Invisible? ¿Y yo me creo algo de esto?

Otro *vlogger* dice que hace 11.500 años los seres reptilianos ayudaron a la humanidad con la agricultura y la tecnología, y eso se menciona en uno de los episodios de la serie *Apocalypse* de Netflix. Otra persona escribe que los Nagas todavía existen en los reinos imperceptibles, e incluso se pueden sentir y percibir en la meditación profunda, especialmente cuando una persona accede con éxito a esos reinos.

Veo un vídeo en el que un gurú-yogui dice que los Nagas que tuvieron relaciones con los humanos fueron llamados a Naga Loka, donde ahora permanecen. Me recuerda un poco a la historia de los nefilim de la Biblia. ¿Podrían estar relacionados? Y ahora rara vez nos visitan.

También se dice que los Nagas reconocen a las personas que han despertado el kundalini, que es una forma de energía femenina divina que se cree que se encuentra en la columna vertebral, e, irónicamente (¿o podría estar todo esto relacionado?), últimamente he estado haciendo algún tipo de despertar del kundalini. ¿En qué me estoy metiendo?

Otro hombre escribe que, en su cultura, adoran a los Nagas, y que estos les bendicen con riqueza y sabiduría. Entonces, ¿son buenos o malos estos Nagas?


*~el despertar~*


*Todo está en la mente.*


Me arrodillo y doy gracias a Dios por todo, incluso por las cosas que aún no tengo.


*Nuestros pensamientos pueden cambiarnos.*
*Engañarnos.*
*Derrotarnos.*


Soy un detective que lucha contra un enemigo invisible. Solo la fe puede salvarme.

## 6 de marzo de 2023

Estaba en la biblioteca de Earlsdon matando el tiempo y escribiendo un poco mientras esperaba a que mi hija saliera del colegio, sentado justo al fondo, cerca de la letra R, donde están algunos de mis libros, cuando vi a una señora hojeando algunos libros. Estaba eligiendo algo para leer, algo para llevarse, y uno de mis libros estaba justo detrás de ella, expuesto en una de las estanterías, así que me volví hacia ella y le dije: "Hay un buen libro detrás de usted. El que tiene la cubierta negra".

"*¿La ilusión del movimiento?*", preguntó.

"Sí. Lo escribí yo", respondí.

"¿De verdad?", preguntó, y yo asentí con la cabeza. Cogió el libro, leyó la contraportada y unas cuantas páginas, y dijo: "Parece interesante. Me lo llevo".

"Muchas gracias", le dije, y ella me dio las gracias por la recomendación.

Una vez se marchó, me quedé allí sentado otros 45 minutos más o menos. Escribí un poco antes de que llegara la hora de recoger a mi hija del colegio.

Mi hermano Carlos me llamó más tarde. Como de costumbre, divagó sobre nuestra familia, sobre tal y tal, sobre gente que ni siquiera conozco, y luego siguió hablando de un primo nuestro llamado C÷, un primo que, no hace mucho (el mes pasado, de hecho), Carlos decía: "Es un hombre muy bueno. Ha cambiado mucho. Dejó las drogas. Ahora está limpio", pero ahora, según mi hermano, C÷ es un hombre malo, un hombre terrible, un perdedor porque ha vuelto a las drogas y no se puede salvar; no hay vuelta atrás para él, no hay salvación para C÷, y luego también me habló de nuestro primo S÷, que también se ha perdido por las drogas, o eso dice Carlos, pero S÷ en realidad está tratando de limpiarse, y Carlos habló mal de ambos hombres, diciendo que están perdidos, que no sirven para nada, y no se pueden salvar, y yo le dije que no dijera esas cosas porque nuestros pensamientos pueden afectar a los demás, y que debería tener fe y no ser tan negativo, pero sabía que estaba malgastando mis palabras con él porque es una persona con un poco de Mente Inferior; una persona obstinada en su actitud negativa, una persona que solo puede navegar hacia un determinado camino antes de decidir que no es para él y entonces da media vuelta y vuelve a la misma nada. A veces parece que se alegra de ver sufrir a los demás. Hace solo unos meses decía que nuestro padre iba a morir de cáncer y yo le dije que dejara de ser tan negativo y que, mientras la persona enferma siguiera viva, debíamos tener fe y rezar por el mejor resultado, pensar en positivo para que nuestros buenos pensamientos pudieran ayudar de alguna manera a la otra persona y desviar todos los pensamientos negativos de nuestras mentes, pero mi hermano no tenía ni idea de lo que le estaba diciendo. Mi padre ahora está libre de cáncer, da largos paseos y disfruta de la vida. Algún día morirá, como todos nosotros, pero por ahora sigue viviendo.

En 2020, e incluso antes, cuando nuestra madre se estaba recuperando del cáncer, Carlos también dijo que probablemente no sobreviviría, y de nuevo le dije que dejara de ser tan negativo, pero él siguió hablando sin parar sobre el cáncer de nuestra madre, diciendo que era un cáncer muy grave y que las posibilidades de sobrevivir eran mínimas, igual que las de nuestro padre, y yo pensé para mis adentros: «¿Desde cuándo eres médico?».

Al cabo de un rato me cansé de escucharlo.

Carlos siguió hablando de nuestro primo C÷, hablando mal del pobre hombre, y me dijo que se había peleado con la abuela de C÷, pero el caso es que mi hermano no sabe cuándo parar y dar un respiro a la gente.

Algunas personas tienen sus propios problemas, dificultades que afrontar, estrés, depresión, etc., y tener a alguien que te molesta constantemente con tus problemas solo empeora las cosas.

Luego me preguntó por Ellie, si seguía saliendo con ella, y le dije que no, que había roto conmigo.

De repente, su voz parecía alegre, llena de alegría, y dijo: "Yo llevo 27 años casado con mi mujer y..."

Y me contó una historia sin sentido, pintó un retrato del matrimonio perfecto, pero la verdad es que se estaba mintiendo a sí mismo, no a mí. Después de dos minutos escuchándole divagar sobre su mierda, quiero decir, su matrimonio perfecto, le dije que tenía que irme.

A veces pienso que la gente se alegra cuando me siento deprimido, sin energía, sin positividad. Por eso ya no me molesto en compartir nada de mi vida personal con los demás. Y aunque quiero a mi hermano, he decidido compartir lo menos posible de mi vida con él.

Cuando llegué al trabajo, Antony y Olly estaban absortos, cotilleando con otra mujer. Ni siquiera me molesté en preguntar de qué estaban hablando. No me importa y no quiero saberlo.

÷

Creo que podría haberme equivocado con Ellie al clasificarla como una persona evasiva y desdeñosa. La vi hoy, 7 de marzo, brevemente, solo durante unos segundos, cuando me dirigía hacia Spencer Park. Ellie, que no parece envejecer (pero todos envejecemos, poco a poco, sin darnos cuenta). Apenas nos dirigimos la palabra, e incluso apartó la mirada cuando su perro se acercó a mí. Me dolió un poco, pero debo seguir adelante. Quizás no haya nada más que decir. Tarde o temprano dejaré de venir a Earlsdon y probablemente me mudaré a otro lugar, mientras que Ellie probablemente siempre estará aquí. Nos olvidaremos el uno del otro, pero, quién sabe, quizá algún día nos volvamos a encontrar. ¿Y entonces qué nos diremos?

Mirando atrás ahora (y me repito), me pregunto si Ellie me quiso alguna vez.

## 9 de marzo de 2023

El mundo está dormido, pero poco a poco más y más gente está empezando a abrir los ojos a la verdad.

El movimiento Woke tiene que ser destruido.

Dejad que los niños sean niños. No mutiléis sus cuerpos.

Los asesinos de la juventud gobiernan el mundo.

Asesinos de la pureza.

Niko publicó un vídeo en The Awakened Page en el que vemos a la cantante Britney sufriendo lo que parece ser una especie de crisis nerviosa. Fue "esclava" de la Mano Invisible durante demasiado tiempo, víctima del control mental, y ahora parece que está tratando de liberarse de la secta. Pero, ¿es ya demasiado tarde para ella?

En el vídeo publicado, Britney levanta el dedo corazón y luego hace los signos con las manos de la Mano Invisible. ¿Qué está tratando de decirnos?

¿Está tratando de decirnos que se ha liberado de la Mano Invisible?

¿O está tratando de decirles que se vayan al carajo?

La nieve ha llegado a Inglaterra. Niko dice que el clima está siendo controlado por la Mano Invisible y que quieren que algunas personas mueran congeladas. Están tratando de controlar todo: lo que leemos, lo que vemos, lo que pensamos e incluso lo que comemos. ¿También están controlando el clima?

## 10 de marzo de 2023

Me tomo el día libre, pero no tengo ningún sitio al que ir ni nadie a quien ver. La historia de mi vida desde hace mucho tiempo, pero las cosas están cambiando poco a poco. Todo empieza con la mente, con un pensamiento, con un cambio de pensamiento. En lugar de compadecerme de mí mismo (¿y de qué hay que compadecerse? La vida sigue, estoy vivo y sano, viviendo algunos de mis sueños, logrando algunos de mis sueños, y yo también necesito seguir adelante), me levanto, doy gracias al Creador por todo, medito durante treinta minutos y luego cojo mi teléfono móvil, mi reloj (duermo sin mi reloj de pulsera), una toalla, ropa interior limpia y bajo las escaleras. Dejo la toalla y la ropa interior en el baño y después preparo el desayuno.

Después de ducharme, voy a la iglesia. Después, no sé.

*~levántate de entre los muertos~*

Un buen día en la iglesia. Me levanto de un asiento y me dirijo a otra sala, a otro asiento. Estoy haciendo nuevos amigos. Poco a poco, sigo adelante. *Pero necesito un poco más.* Solo un poco más. *Por favor, solo un poco más.*

Llorar por lo que se ha perdido no soluciona nada y solo me arrastra de vuelta a lo que estoy tratando de dejar atrás. Si permaneces en la oscuridad durante demasiado tiempo, te conviertes en la oscuridad. Y en la oscuridad no hay nada más que desesperación (e incluso muerte). Créeme, lo sé por experiencia propia. Casi muero allí y no quiero morir. Todavía no.

Poco a poco, a medida que cambio mis pensamientos y mi comportamiento, incluso algunos de mis gustos, me embarco en un nuevo viaje, un viaje espiritual, un viaje para enamorarme del mundo que me rodea, de lo que tengo, un viaje para enamorarme de mí mismo, y sé que tendré que dejar atrás algunas cosas, incluso a algunas personas. A algunas de ellas no las dejaré atrás, pero las dejaré a un lado y esperaré. Pero incluso mientras espero, no me detendré. Ellos pueden alcanzarme o quedarse atrás. Todos están ocupados con sus propias vidas, viviendo sus propias mentiras, a veces ocupados con nada, y el mundo, o algunas personas en él, parecen estar corriendo hacia un camino de destrucción. A las familias heterosexuales se les hace sentir como si hubiera algo malo en ellas, cuando en realidad no hay nada malo en ellas. Pero, ¿quién está detrás de la Agenda?

Cada vez más parejas tienen relaciones fuera del matrimonio y se les elogia por ello. El infierno ha abierto sus puertas y, en lugar de huir DE él, la gente se precipita HACIA él.

Edith y su marido Mark también están en la iglesia, al igual que Phil, un poeta con el que recientemente he entablado amistad. Phil se va a marchar pronto, pero se acerca rápidamente para saludarnos a todos. Una vez que Phil se ha ido, cojo una taza de café de la barra y me siento junto a Edith y Mark. El servicio ha terminado. Algunas personas se dirigen a casa, otras se quedan a tomar café, té, pasteles y charlar, y otras esperan para confesar sus pecados. Dos veces por semana, los hijos perdidos de Eva esperan su turno para confesar sus pecados. De vez en cuando me uno a ellos.

Es una mañana tranquila y no tengo mucho que decir, pero disfruto de la compañía.

Algunos miembros de la iglesia hablan de un concurso que tendrá lugar esta noche. Otra persona habla de un próximo viaje a Suecia para visitar a unos familiares. Y luego otra persona dice que quizá vaya pronto a Israel. En cuanto a mí, no tengo ningún sitio al que ir, ni nadie a quien ver. Pero no pasa nada, porque en realidad no quiero ir a ningún sitio. Solo quiero tener mi casa, encontrar mi propio rincón, un lugar tranquilo donde poder rezar, escribir, meditar, estar solo, estar con mis hijos, ser amado y amar.

Justo cuando me pregunto qué hacer el resto del día, mi amiga Sylvia me envía un mensaje. Va a ir pronto a la iglesia de St. Peter a comer algo y a ver a algunos de nuestros amigos. Puede que Peer también esté allí. Le respondo y le digo que yo también iré.

Voy de iglesia en iglesia en busca de algo, de alguien, de iglesia en iglesia en busca de Dios, de orientación, de amor, de iglesia en iglesia en busca de pistas sobre este misterio llamado vida. Soy un escritor convertido en detective, pero este misterio llamado Vida es más de lo que puedo soportar. Quizás me limitaré a escribir.

Menos de dos horas después estoy en Charles Street, dirigiéndome hacia la iglesia. Veo un rostro familiar en el horizonte lejano. Es Paul, a quien conozco del banco de alimentos y a quien también veo de vez en cuando en el Jesus Centre de Lamb Street. Los hijos perdidos de Eva que van de iglesia en iglesia en busca de compañía, de una forma de matar el tiempo aquí y allá. Saludo a Paul con la mano y él me devuelve el saludo. Tiene más de 70 años y va en bicicleta a todas partes. Entro en la iglesia y enseguida veo a mi amiga Sylvia. Está leyendo un libro titulado *The Unseen Realm*. La saludo y ella me sonríe y me devuelve el saludo. Peer llega treinta minutos más tarde, pero hoy no tiene nada nuevo que decirme sobre los Hombres Lagarto. Solo quiere sentarse en algún sitio y descansar, rezar un poco, meditar durante mucho tiempo. Peer no tiene hogar. Duerme donde puede, come lo que puede, pero no se queja. No quiere formar parte de la sociedad, ser un número, un dígito. Ni siquiera tiene teléfono móvil, pero de vez en cuando se conecta a Internet, ya sea en la biblioteca o en uno de los templos donde duerme. No tiene que rendir cuentas a nadie más que a Dios.

Una familia de Lituania se sienta a nuestra mesa. Siempre están aquí, más o menos cada semana, una familia de tres: padre, madre e hija.

Nunca se quejan de nada y aceptan lo que se les da con una sonrisa en la cara y una mirada de gratitud. El mundo se está quemando lentamente, pero algunas personas siguen agradecidas por todo lo que se les da y no han perdido sus buenos modales. Y luego están los que ladran, gritan o te insultan si te atreves a discrepar de sus locos y diabólicos ideales.

Sylvia se va antes que nosotros, pero Peer quiere quedarse un poco más, así que desde allí me dirijo a Barras Lane, donde he aparcado el coche, y luego conduzco hasta Earlsdon. Una mujer a la que amaba vive cerca, pero ella eligió la soledad en lugar de mí, lo que probablemente fue una bendición para mí, así que debo seguir adelante, solo por ahora. Voy al City Arms, donde escribo durante unas horas. Otro libro en camino, pero ¿se venderá siquiera? Al menos estoy escribiendo, haciendo algo que me gusta. *Pero...*

Pero no hay pero. Solo seguir adelante.

Desde allí me voy a casa. A casa sin nadie. A casa sin nada. Pero estoy trabajando en algo. Todo lleva su tiempo y estoy trabajando en algo. A veces la soledad duele, pero debo seguir adelante.

÷

Para algunas personas, especialmente para quien estaba enamorado (el que fue abandonado después de dar tanto amor a la otra persona y no recibir nada o casi nada a cambio), una ruptura se siente como la muerte.

Una ruptura es un viaje al infierno, y luego te quedas allí durante mucho tiempo. Y a veces, justo cuando crees que eres libre (del Infierno), sucede algo, algo que despierta el recuerdo, y te encuentras llorando, de vuelta en el Infierno (¿pero acaso lo habías dejado atrás?).

Esta tarde, después de ver a mi hija solo unos minutos cuando fui a casa de su madre, mientras estaba sentado en la biblioteca de Earlsdon, justo al final, estaba escuchando un vídeo de Matthew Hussey titulado *If Your Ex Moved On Too Fast, Watch This* (Si tu ex ha seguido adelante demasiado rápido, mira esto), un vídeo que apareció en mi pantalla, cuando sentí que la tristeza se acercaba por detrás. Y entonces llegaron las lágrimas.

La oscuridad.

El Infierno.

«Otra vez no», pensé mientras hacía un gran esfuerzo por no llorar.

Está bien sentir mucho.

Está bien llorar.

De hecho, es estupendo que algunos de nosotros sigamos preocupándonos y que, cuando una relación termina, nos duela. Nos duele porque amamos, mientras que hay personas que ya no pueden amar o que ni siquiera saben cómo amar. Así que me duele. Por un tiempo, debido al amor, sufro. Sufro, por un tiempo, y muero, solo un poquito. A veces, cuando sufro, muero un poquito. Muero y permanezco un tiempo en la oscuridad, pero no puedo quedarme en la oscuridad. Nadie puede. Nadie debería.

«Levántate de entre los muertos y ten presente que la persona adecuada está ahí fuera buscándote», me digo a mí mismo.

*Abandona tus sueños de oscuridad...*

Canto mi propia canción, ya grabada por un amigo. Canto para alejar la oscuridad.

÷

Yu no sabe cuánto sufro. Y ella lo quiere todo. Siempre lo quiere todo. No le importa si tengo un hogar o no. No le importa si lloro o no. Pero a mí me importa.

Me preocupo por los demás.

¿Por qué me preocupo?

¿Por qué no puedo ser indiferente?

¿Frío?

¿Cruel?

÷

Me lo quitaron todo.

A mis hijos.

Todo.

A mi hijo.

Todo.

A mi hija.

Todo.

Me lo quitaron todo: la pequeña casa que tenía, mi pequeña casa alquilada, mis hijos, y ahora otra persona vive en esa casa mientras mis hijos viven en otro lugar, lejos de mí, y de vez en cuando lloro, e incluso muero, porque lo he perdido todo. No tenía mucho, pero perdí incluso eso, y algunas personas se alegran de mi dolor, e incluso sonríen cuando me ven sufrir.

¿Qué le pasa al mundo?

¿Qué le pasa a la gente?

÷

Hace unos días, un sábado, después de salir de la iglesia de St. Peter, cuando me dirigía hacia Barras Lane, donde había aparcado mi coche, volví a ver al supuesto viajero del tiempo, sentado en un banco frente a Waterstones, en Lower Precinct. Y, maldita sea, parecía un auténtico viajero del tiempo. Había envejecido un poco desde la última vez que lo vi. Tenía el pelo más fino y más blanco. ¿Dónde había estado? ¿Qué había visto? ¿Hasta dónde había retrocedido en el tiempo? ¿O había ido al futuro?

Entonces sonreí para mis adentros. ¿De verdad creía que era un viajero del tiempo?

Entonces me pregunté qué dirían mi familia y mis amigos, e incluso Yu y Ellie, sobre mí (o a mí) (o a mis espaldas) (pero realmente me da igual lo que piensen) si les contara mis supuestas aventuras y las personas que conozco. ¿Y realmente me molesta lo que dirían o pensarían de mí? En realidad, no. Después de todo, soy un detective con una misión, y esa misión es descubrir lo que hay ahí fuera, detrás del Velo, en otra dimensión o dimensiones, y hay otros ahí fuera que también están recorriendo un camino similar al mío, buscando pistas, sin vacunar, protegidos de las mentiras que los medios de comunicación convencionales intentan vendernos, un poco perdidos (pero no tan perdidos porque siempre se mantienen cerca del Camino Estrecho, el camino diseñado por el Hijo), y tal vez el Viajero del Tiempo esté recorriendo un camino similar al mío. Tal vez yo también sea un viajero del tiempo, pero perdí la memoria y ahora estoy atrapado en esta línea temporal. Es broma; solo soy un detective.

Como ya he mencionado, parecía como si hubiera envejecido de repente de un mes a otro, envejecido drásticamente (debe ser por todo ese viaje en el tiempo), y parecía estar sumido en sus pensamientos. Ni se me pasó por la cabeza alejarme sin siquiera saludarlo. Al fin y al cabo, soy detective, ¿y quién mejor que el Viajero del Tiempo para contarme algunos de los misterios que estoy tratando de desvelar?

Me acerqué a donde estaba, vi una copia maltrecha de *The Complete Poems*, de Samuel Taylor Coleridge, encima de su mochila (y en ese momento me pregunté de dónde había sacado el libro; si lo había comprado, robado o si alguien se lo había dado), una botella de agua a su lado, y le dije: "Hola. ¿Cómo estás?".

Su me vino brevemente a la mente. Entonces me pregunté si ella también era una viajera en el tiempo.

El Viajero del Tiempo levantó la vista y me reconoció de inmediato.

El barrio estaba muy concurrido. La gente entraba (y salía) de Waterstones, M&S, Boots, Tiger, Caffè Nero, River Island y otras tiendas. Todos estaban tan ocupados con sus cosas que ni siquiera se molestaban en prestar atención a un detective (yo) y a un viajero en el tiempo.

"Estoy bien, gracias. ¿Y tú?", dijo él.

"No estoy mal, gracias", le respondí, y luego le ofrecí un sándwich que llevaba en mi bolso. Él lo aceptó con gusto y me dio las gracias.

Me senté a su lado y lo observé mientras daba el primer bocado al sándwich.

Una pareja joven pasó junto a nosotros y apartó la mirada con disgusto. Probablemente ellos habían hecho cosas peores que el Viajero del Tiempo y yo, llevaban una carga más pesada, pero aun así se atrevían a juzgarnos sin motivo alguno. No importa. Estoy acostumbrado a lidiar con la ignorancia. Lo hago ignorándola. Ignora la ignorancia. Hay una madre que conozco cuya hija va al mismo colegio que la mía, incluso a la misma clase, y siempre me ignora cuando me ve en el colegio, me ignora fingiendo no verme. Hace años, antes del COVID, trabajábamos en el mismo edificio, para la misma empresa, e incluso vivíamos en la misma calle, pero se mudó a lo que ella llama un código postal mejor y ahora solo habla con gente del mismo código postal. O mejores códigos postales. O códigos postales cercanos. Da igual. No me importa. No somos códigos postales. Somos seres humanos. Lástima que algunas personas no lo vean así.

En fin, centré mi atención en el Viajero del Tiempo, lo observé en silencio durante unos segundos mientras masticaba el sándwich, lo vi beber un poco de agua y luego le pregunté: "¿Dónde has estado? ¿De viaje?".

Se volvió hacia mí, me miró con curiosidad, asintió brevemente con la cabeza y vi que estaba dispuesto a responder a más preguntas, así que le dije: "¿El Futuro? Cuéntame más. ¿Qué pasa al Final? ¿Has llegado tan lejos?".

Una joven salió de Waterstones con una pila de libros bajo el brazo. Sin bolsa. Simplemente llevaba los libros bajo el brazo. Segundos después, otra joven salió de Waterstones con un ejemplar de *Spare*, del príncipe Harry. Era agradable ver a la gente comprando libros. Mis libros también se vendían poco a poco, no muchos, pero algo, y estaba muy agradecido por ello. El vaso estaba medio lleno, no medio vacío.

"Hay varios finales, pero, al final, nada termina realmente, así que no tengas miedo", dijo.

¿Qué diablos significaba eso?

"No tengas miedo", repitió, sonando casi como un profeta. ¿AD?

Luego dio otro mordisco al sándwich y me dejó esperando más. Por un momento incluso pensé que no iba a decir nada más, pero después de dar un largo sorbo de agua, dijo: "Vi a un hombre solo sentado entre las ruinas de una gran ciudad. Estaba cubierto de polvo, hambriento, esperando lentamente que llegara el fin. Y más tarde vi otra ciudad, o tal vez era la misma ciudad, ocupada solo por la locura. Era una ciudad brillante, con luces de neón por todas partes, demasiado brillante para los ojos humanos".

Me dijo que era una ciudad de máquinas, sin humanos a la vista. Escuché y asentí. ¿Creí una palabra de lo que decía? Tal vez. Tal vez no. En realidad, no importa.

No tenía adónde ir, a nadie a quien ver, o tal vez sí, pero no podía alejarme de un supuesto Viajero del Tiempo. Debería haberle preguntado qué tipo de máquina del tiempo tenía, si podría acompañarlo algún día, pero al final decidí que era mejor no molestarlo. Y entonces, como si las cosas no pudieran volverse más extrañas (pero las cosas se han vuelto más extrañas durante mucho tiempo y algunas personas ni siquiera pueden ni siquiera lo ven y simplemente aceptan lo extraño como normalidad y llaman a la normalidad extrañeza, pero todo eso es un plan diseñado por la Mano Invisible), el Viajero del Tiempo retrocedió más en el tiempo, mucho más atrás, y dijo que la gente lo había entendido todo mal y que la historia de nuestro planeta no se parecía a nada que nadie hubiera oído jamás. Mencionó que nuestros dioses (Dioses en plural) vinieron del Cielo y que Adán y Eva eran en realidad prisioneros en el Jardín. Dijo que apenas había nada sobre los orígenes de la humanidad en las Escrituras hebreas, e incluso mencionó el Libro de Enoc, diciendo que el Libro (de Enoc) realmente nos mostraba que los extraterrestres eran responsables de la creación de la humanidad, al igual que nosotros, los humanos, seremos responsables de la creación de la inteligencia artificial y de máquinas con apariencia humana, máquinas que ya están aquí entre nosotros, máquinas sexuales, máquinas de trabajo, etc., y mientras hablaba yo asentía con la cabeza. Y, brevemente, me pregunté si alguien podía oírnos y, si alguien nos oía, qué pensaría de nuestra conversación. También lamenté no haber grabado esa conversación, pero me daba miedo sacar mi teléfono móvil del bolsillo de la chaqueta y empezar a grabar la conversación, y entonces "asustar" al Viajero del Tiempo y verlo marcharse.

Me contó que otras tribus hablan del Pueblo del Cielo, una raza de seres muy superiores a la raza humana, y dijo que algunos gobiernos estaban realmente en contacto con el Pueblo del Cielo, o lo habían estado y ahora habían perdido la comunicación, y que, en más de una ocasión, el Pueblo del Cielo había impedido la aniquilación del mundo.

También mencionó a los Nefilim, los hijos de los dioses que fornicaron con mujeres terrenales, gigantes que caminaban por la Tierra, las diferencias entre el Dios del Antiguo Testamento y el Hijo del Nuevo Testamento, y mucho más.

Después de un rato le pregunté: "¿Y los Nagas?".

El Viajero del Tiempo me miró a los ojos y, durante un segundo o dos, pareció como si tuviera dudas o como si no confiara en mí. Para recuperar su confianza, le dije que solo había descubierto la existencia de los nagas hacía poco gracias a un amigo, e incluso le mostré la piedra organita que colgaba de mi llavero y la piedra shungita de mi teléfono móvil, y el Viajero del Tiempo dijo: "No estoy muy seguro de que eso funcione con los nagas. ¿Y cómo sabes que esas piedras son auténticas?

«De todos modos, los nagas...", se detuvo unos segundos.

Miré la hora. Era temprano y tarde a la vez. Eran casi las dos de la tarde y yo estaba teniendo la conversación más extraña en medio de una ciudad bulliciosa. Qué vida. Esto nunca habría sido posible si me hubiera quedado en Portimão. La vida avanza a velocidades extrañas, a veces lentas, y no sabemos por qué algunas cosas suceden como suceden, pero normalmente suceden por una razón, y debemos estar conectados al universo, conectados espiritualmente, para saber, o poder entender un poco, por qué algunas cosas simplemente suceden. Si hubiera estado con Yu o incluso con Ellie, probablemente no estaría aquí, y probablemente no habría hablado con Peer sobre los Hombres Lagarto, y probablemente nunca habría conocido al viajero del tiempo, y así, gracias a esos acontecimientos que no ocurrieron, pude descubrir un poco más sobre nuestra historia oculta. O tal vez lo que estaba presenciando era pura locura. Da igual. En realidad no importa. ¿O sí?

"No sé mucho sobre ellos. Nadie lo sabe. Algunas personas creen que somos descendientes de los nagas. O que gran parte de la población lo es", dijo. "No sé si lo sabes, pero se dice que los nagas viven en otra dimensión. Algunas personas dicen que viven bajo tierra, como la raza de Vril".

Se refería a *Vril, el poder de la raza venidera*, una novela clásica escrita por Edward Bulwer-Lytton.

"¿Alguien puede verlos?", pregunté.

El Viajero del Tiempo asintió con la cabeza.

"Puedes verlos, pero es peligroso", dijo. "La meditación profunda puede despertar tu yo interior y llevarte a otras dimensiones, pero tienes que ir despacio y tener cuidado, o podrías perderte. O podrías perder la cabeza.

No aconsejaría a nadie que fuera en busca de los nagas. A veces hay que tener cuidado con lo que se busca.

»Hay quien cree que los nagas simplemente están esperando a que se produzca otra gran catástrofe para resurgir y comenzar una nueva vida en este planeta, fuera, no bajo tierra. Y se dice que no quieren estar cerca de la inteligencia artificial y las máquinas inteligentes.

»Quizás los nagas puedan influir en el cerebro humano, engañarnos, desviarnos, permanecer invisibles para nosotros, pero no pueden hacer lo mismo con las máquinas".

Después respiró hondo y me dijo que estaba cansado. Lo tomé como una indirecta para dejarlo solo y marcharme.

Le di las gracias por todo.

Cuando estaba a punto de marcharme, me preguntó: "¿Has leído *Erewhon*, de Samuel Butler?".

Negué con la cabeza y rápidamente anoté el nombre del libro. Sabía de qué trataba el libro y también sabía que tenía una secuela, pero nunca había leído nada de Butler, ni siquiera *El destino de la carne*.

"Deberías leerlo", me dijo.

"Lo haré", respondí.

"Gracias de nuevo por el sándwich. Lo estás haciendo bien. No te preocupes por el mundo y las cosas vanas del mundo. Y recuerda, no tengas miedo", dijo.

Asentí con la cabeza.

Y luego me fui.

Bajé por Lower Precinct, repasando mentalmente cada palabra que me había dicho el Viajero del Tiempo. Necesitaba escribir algunas cosas para no olvidarlas. Con eso en mente, me detuve en un banco frente a la iglesia de St. John the Baptist, en Fleet Street, me senté y tomé algunas notas. Notas sobre la locura y también sobre la verdad que se le dice a la gente y que, al mismo tiempo, se nos oculta.

Anoté los nombres de Samuel Butler y Edward Bulwer-Lytton, seguidos de los nombres de Gerald Heard, Henry Luce, Clare Boothe Luce e incluso la Sociedad Fabiana.

Los escritores del pasado escribieron sobre el futuro para advertirnos de lo que estaba por venir, pero todo se publicó como ciencia ficción —como lo hará esto— para no asustar al público y también para que no quedara sin publicar. El propio Orwell era miembro de la Sociedad Fabiana, que muchos dicen que fue formada por la Mano Invisible, pero, por alguna razón (tal vez porque adquirió conciencia), Orwell abandonó la Sociedad y luego escribió sus novelas clásicas *Rebelión en la granja* y *1984* como advertencia al mundo.

También se dice que los objetivos de la Sociedad y la Mano Invisible son los mismos: acabar con los derechos humanos, acabar con toda propiedad privada (y, a menos que hayas estado viviendo bajo una roca, sabrás algo sobre el Gran Reinicio de Schwab) y dejar que la aberración reine sobre la moralidad.

En su libro *Erewhon*, publicado en 1872, Samuel Butler escribió sobre la Inteligencia Artificial y la posibilidad de que las máquinas desarrollaran algún tipo de conciencia. Se dice que Orwell tomó algunas de sus ideas para *1984* de *Erewhon*, que salió un año después de *Vril, La raza venidera*.

Tanto Butler como Orwell nos advertían sobre la máquina, nos advertían de lo que estaba por venir, y ya está aquí: el Gran Hermano, la vigilancia, la pérdida de la moralidad, la máquina. Y las cosas solo van a empeorar.

*Mockingbird*, de Walter Tevis, es otra novela que nos habla del mundo que se avecina, un mundo en el que los seres humanos mueren lentamente, en el que los ciudadanos están constantemente drogados (no es de extrañar que los gobiernos quieran legalizar las drogas) y en el que las máquinas dominan a la humanidad. Y tanto los héroes de *Mockingbird* como los de *Erewhon* encuentran una utopía aislada del resto del mundo, un lugar en el que la gente se mantiene alejada de las máquinas.

El virus de 2020 dio a los gobiernos de todo el mundo la excusa perfecta para encerrarnos a todos en la mayor prisión de todas, y algunas personas siguen sufriendo por ello. Y no se nos permite hablar en contra, escribir nada al respecto, ni siquiera decir el nombre del virus en Internet.

El plástico en los alimentos que consumimos y en el agua que bebemos nos está volviendo infértiles, lo que está provocando el colapso de la población, pero ese era el plan desde el primer día. Y las máquinas están aumentando en número, apoderándose lentamente de todo. También forma parte del plan. Butler escribió sobre ello. Orwell escribió sobre ello. Tevis escribió sobre ello. ¿Coincidencia? Sí, claro, por supuesto. Y la Tierra es plana. En realidad…☺

Algunos artistas ya no tienen voz. Escriben, pintan y dicen lo que les dice la Mano Invisible. No tienen voz. Se inclinan ante Mammón.

No nos estamos acercando al final. Ya estamos allí, descendiendo lentamente al abismo. Y algunas personas aplauden durante todo el descenso. Aplauden y luego te ladran, incluso te atacan y te destruyen si no estás de acuerdo con ellos y tienes una opinión diferente a la suya. Pero no los odies. No odies a nadie.

Spare Harry y Leo, el rey del mundo, vuelan por medio mundo para hablarte de los peligros del cambio climático, y después tú aplaudes mientras ellos se ríen de ti y vuelan a otro lugar para pasar sus vacaciones; Leo en busca de otra mujer joven, sin darse cuenta de que está empezando a parecer espeluznante. Y Spare va donde su mujer le dice que vaya porque tienen una marca que promocionar. Ellos son la marca. Y tú sigues aplaudiendo.

Maldita sea, ¿me estoy perdiendo algo?


Al igual que Orwell y Butler, me convierto en escritor de ciencia ficción aunque escribo la verdad. Oye, yo también necesito dinero para sobrevivir. Y probablemente la Mano Invisible me esté pagando por escribir esto. Tienen un extraño sentido del humor, y yo también.


## 15 de marzo de 2023

Un día extraño en la emisora de radio.

Un buen día, pero extraño al fin y al cabo.

Salí en directo (en la radio), hablé sobre mí y mi trabajo como autor, puse un par de canciones y, mientras estaba allí, tuve una fuerte sensación de déjà vu. Nada me parecía nuevo. Todo me resultaba muy familiar, como si ya hubiera estado allí antes. ¿Podría ser que ya hubiera estado aquí, en otra vida, o que me hubieran reiniciado, devuelto al juego, y ahora estuviera intentando conseguir el final feliz?

Realmente extraño.

¿Conseguiré a Ellie esta vez?

Cuando la conocí por primera vez, ya sentí como si la hubiera visto antes.

¿Podría ser que fuéramos antiguos amantes en otra vida?

¿Y la perdí?

¿Otra vez?

÷

Una vez más, Antony me preguntó por Ellie. Estoy intentando olvidarla, seguir adelante con mi vida poco a poco, y ahí estaba él preguntándome por ella, no porque le importe, porque no le importa. Tal es su arrogancia que ni siquiera se molestó en mirarme. Con la cabeza gacha, mirando hacia otro lado, simplemente me preguntó: "¿Sigues viendo a esa mujer?".

Esa mujer... Me dieron ganas de decirle: «Tiene un nombre, idiota».

"Sí", respondí con aburrimiento, y luego me alejé.

Sí, sé que estoy mintiendo, pero algunas personas no merecen saber la verdad y solo se reirán de tu dolor y tu soledad. En cuanto a Ellie, probablemente no la veré en mucho tiempo. He cambiado algunos hábitos, he empezado a frecuentar otros lugares y evito las zonas donde sé que podría encontrarme con ella. Ya no siento el dolor ni el sufrimiento. De hecho, estoy un poco enfadado conmigo mismo por haber dado tanto y no haber recibido casi nada a cambio, y después, cuando me dejaron, seguí intentando mantener la relación, permanecer donde no me querían. En el momento en que sientas rechazo, vete. Deja a esa persona. No tienes que demostrar nada a nadie. No deberías tener que perseguir a nadie. No deberías tener que suplicar por amor, suplicar que te quieran. Que le den.

Me fui.

Atrápame al salir o mírame volar lejos.

En cuanto al futuro, ¿quién sabe? Pero no voy a perseguir a nadie. Al diablo con eso.

¿Por qué volverías con alguien que no te quiere?

La única persona que puede arreglar una relación rota es la que la rompió. Fui víctima de ese juego llamado Amor. Me patearon, me patearon repetidamente, y seguí jugando, incluso cuando estaba herido, incluso cuando lloraba. Al diablo con eso ahora.

Después de que el juego terminara, tuve que curarme. Una y otra y otra vez. Ahora que estoy curado, necesito encontrar otra jugadora, una jugadora mejor, una jugadora que conozca las reglas del amor y juegue limpio. Pero no pasa nada. Empiezas de nuevo y, si es necesario, aprendéis las reglas juntos.

Una vez que alguien sale de tu cabeza, sale de tu cabeza. Y ese es un momento muy hermoso, porque, una vez que tienes la cabeza despejada, eres libre para volver a amar. Pero esta vez tienes que ir despacio. Y tú estableces algunas de las reglas, si no todas. Si alguien te da por sentado o abusa de tu amabilidad, te alejas sin mirar atrás. Puedes ser amable y tonto, pero no seas tonto siempre. El amor es algo hermoso, pero algunas personas lo confunden con el dolor y luego juegan con él.

El amor no debería doler.

Si tu amor te duele, es que estás recibiendo el tipo de amor equivocado.

Aléjate cuando eso ocurra.

Huye tan rápido como puedas del tipo de amor equivocado.

Has tomado el camino equivocado. Busca el Camino Oculto, el camino que conduce al amor verdadero.


Me di cuenta de que la persona que estoy buscando no se encuentra en los lugares que frecuento. Esos son los lugares del pasado, lugares donde perdí el amor, lugares donde lloré. Tuve que cavar, excavar, arrastrarme por el barro, nadar a través del dolor, caminar con las piernas cansadas, secarme las lágrimas de los ojos, sonreír y darme cuenta de que no podía seguir siendo un detective ciego para siempre. Limpié mis gafas, me las volví a poner y sonreí. Extendí mi brazo derecho y sentí que la Fuerza me sacaba de la duda y la incertidumbre.

«Estás caminando por el camino equivocado», me dije a mí mismo. O tal vez era la Voz la que me hablaba, guiándome de nuevo.

Tenía que dejar de caminar. Tenía que parar porque me estaba haciendo daño, desperdiciando mis lágrimas en personas que nunca se preocuparon y nunca se preocuparían por mí. Entonces, ¿por qué estaba desperdiciando mis lágrimas en ellas?

Respiré hondo.

*No pasa nada*, me dije a mí mismo.

De vez en cuando todo el mundo se pierde, pero más pronto que tarde tienes que encontrar el camino correcto y dejar atrás a algunas personas, especialmente a aquellas que intentan alejarte del camino correcto.

Respiré hondo otra vez. Y luego sonreí, porque una sonrisa siempre ayuda, una sonrisa siempre mejora las cosas. Y seguí caminando. Al fin y al cabo, una persona no puede detenerse. Pero en lugar de girar a la izquierda o a la derecha, seguí caminando en línea recta, hacia el camino oculto, hacia lo que estoy buscando.

No tengo prisa por volver al juego, por volver a salir con alguien. Después de todo, me estoy recuperando, y la recuperación lleva tiempo. Si el amor llega a mi vida, está bien. Si no llega, también está bien. Después de todo, me estoy recuperando, y la recuperación lleva tiempo.

Si algo no sucedió, es porque no estaba destinado a suceder; así de simple.

Si alguien no puede amarte, ¿qué más necesitas saber sobre esa persona?

La gente olvida que el amor puede ser tanto lo mejor como lo peor en la vida de alguien. Puede traerte mucha alegría, pero también mucho dolor. Una vez que te hace daño, y si la persona que te hace daño no está dispuesta a cambiar o no hace nada para aliviar tu dolor, aléjate de ella lo más rápido que puedas. El amor que duele no es amor. Es una enfermedad. Aléjate de ese amor y cúrate.

## 22 de marzo de 2023

Mendigos a la derecha, mendigos a la izquierda, esperando que les caiga alguna moneda para poder alimentar a sus demonios. De vez en cuando alguien que pasa por allí les da un sándwich, un pastel o una bebida, pero lo que realmente quieren es dinero para alimentar sus demonios. Pero cuanto más le dan al demonio, más quiere este. Sigue creciendo hasta que se vuelve incontrolable.

Un mendigo está sentado fuera de Starbucks, envuelto en una manta. Una mujer que acaba de salir de la cafetería le da unas monedas.

Una mendiga está sentada en el suelo frente a Topshop, ahora cerrado. El mendigo le hace un gesto con la mano cuando consigue unas monedas y luego sonríe. Segundos después, la mendiga se levanta y se acerca al mendigo. Y unos segundos más tarde, llegan dos mendigos, uno de ellos envuelto en una manta, y se sientan junto a los otros dos mendigos, frente al Starbucks.

He venido al centro de la ciudad a dar un paseo, a pasar un rato solo. *Se me da bien hacerme invisible. Tuve una buena maestra.*

Hace unos días, una mujer a la que conozco vagamente me invitó a salir: "¿Cenamos y damos un paseo?", me dijo.

Le di las gracias, pero le dije que estaba ocupado. No fui frío. Solo indiferente. *Tuve una buena maestra.*

Ella se dio cuenta enseguida de que no tenía sentido cambiar la fecha. Yo no estaba disponible y eso era todo. La verdad es que necesito estar solo un tiempo, y no quiero tener citas. Todavía no. Quizás durante mucho tiempo. Me cansé de dar y dar y dar, y no recibir nada a cambio, y ahora quiero dejar las citas por un tiempo. Más adelante, si el universo lo quiere, volveré a salir con alguien, tal vez incluso me vuelva a casar, pero por ahora necesito tiempo a solas. O tiempo con mis hijos y algunos amigos.

Saul me llamó hoy y me dijo: "Ven a pasar la Pascua conmigo y con algunos de nuestros amigos".

«Por supuesto", le respondí.

El universo me está dando más: la oportunidad de pasar tiempo con amigos, la oportunidad de dar gracias a Dios (y al universo) por todo, la oportunidad de seguir adelante, a un ritmo normal, y voy a aprovechar esa oportunidad.

Una persona necesita seguir adelante. El amor duele, pero tenemos que seguir adelante.

÷

Me equivoqué. No es el amor lo que duele. Es la soledad.

Es temprano por la mañana, otro día más en mi vida, y estoy sentado solo en el McDonald's del Arlington Business Park esperando mi desayuno. Acabo de terminar de trabajar y estoy demasiado cansado para ir a casa y prepararme el desayuno. Después de un turno de 12 horas, solo quiero comer algo y luego irme directamente a la cama.

Cuando llegué aquí sentí que la soledad se apoderaba poco a poco de mí, pero me di cuenta de que echaba de menos a mis hijos, no a una mujer. Respiré hondo. La cura para la soledad estaba cerca. Pero primero necesitaría mi propio hogar para poder curar mi soledad.

Ayer, cuando dejé a mi hija en casa de su madre, Yu me miró fijamente, con tristeza, con nostalgia, y me pregunté si se arrepentía del divorcio, pero ya es demasiado tarde para nosotros. Debemos seguir adelante, solos por ahora, ser los mejores padres que podamos ser para nuestros hijos y, más adelante, si la vida, el amor y el universo (y Dios) nos dan a alguien más a quien amar, debemos aprender de nuestros errores, aprender del desamor y el dolor, y seguir adelante, otra vez. Con otra persona. Nuestro amor ha muerto. Eso no significa que odie a Yu, pero realmente no siento nada por ella.

Quizás ni siquiera me echaba de menos. Quizás solo añoraba a alguien, pero ese alguien no soy yo. Nuestra historia ha terminado. Ella le dio un mal final. Ahora debo buscar un final feliz en otro lugar.

÷

El presidente de China estuvo en Rusia para reunirse con Putin, y los internautas están enloqueciendo con la reunión. El presidente de China llamó a Putin "querido amigo" y dijo que habrá cambios en el mundo, como no se han visto en 100 años, y que Rusia y China son los que impulsan esos cambios juntos, hacia adelante, hacia arriba, lo que sea. La supuesta amistad entre Xi y Putin está asustando a los líderes de la UE, y muchos de ellos están reservando vuelos a Pekín porque no quieren perder a China. Se trata de negocios, no de tu bienestar. Todos los líderes son corruptos hasta la médula y, desde luego, les importa un comino el pueblo. Las personas que realmente podrían cambiar las cosas nunca son elegidas para ocupar el poder, y nos quedamos con la escoria controlando el mundo, diciéndonos que luchemos entre nosotros, creando divisiones, construyendo una prisión a nuestro alrededor mientras se ríen de nosotros.

¿Estamos asistiendo a un cambio de poder? Solo el tiempo lo dirá.

Todo son juegos de guerra, juegos mentales, gente que se inclina ante Mammón. A estas personas en el poder no les importa el alma. No les importa su propio pueblo. Todo se reduce a la codicia, a inclinarse ante Mammón.

No les importa si eres hombre, mujer, transgénero, negro, asiático, blanco, heterosexual, asexual, etc. Dicen que sí, pero todo es mentira. Nos ponen etiquetas y luego nos dicen que luchemos entre nosotros, pero todo es mentira. No importa quiénes seamos, qué seamos, todos deberíamos llevarnos bien. La unión hace la fuerza. Por eso la Mano Invisible quiere crear división entre nosotros. Así es más fácil controlarnos.

$$\div$$

Los sueños pueden renacer. Sales con alguien durante mucho tiempo solo para darte cuenta de que ambos queréis cosas diferentes, sueños diferentes, y entonces llega el rechazo, una suave patada en el trasero, y debes buscar el sueño en otro lugar. No hay problema. Sigue soñando. La experiencia me ha enseñado que el tiempo suele ser benevolente con los soñadores. Son los que no sueñan los que suelen tener un final triste. ¿Qué puedes esperar si no tienes sueños? Trabajo con algunas personas sin sueños, y son tan mezquinas, tan amargadas. Su único sueño es ver a los demás tristes. ¿Cómo puede alguien así ser feliz?

A veces nuestra autoestima se ve afectada por otra persona, por su rechazo, pero el poder está en nosotros: el poder de cambiar, el poder de renacer. Si alguien no te ama, busca a alguien que lo haga. Probablemente esa persona te esté buscando.

El camino hacia la felicidad está oculto, por lo que debemos buscarlo y encontrarlo.

Durante mis últimos años de matrimonio con Yu, hubo momentos en los que, incluso estando en la misma habitación que ella, o en la cama (con ella), me sentía muy solo. Hubo muchísimos años sin amor, años de nada, días de gritos, días de murmullos y gruñidos, pero todo eso ya es pasado. El mundo está entrando en una nueva era, una era oscura, una era en la que el odio seguirá creciendo y solo aquellos que encuentren el camino oculto y el amor podrán seguir adelante con sus vidas. La gente no puede ver lo que está sucediendo a su alrededor, pero el amor está muriendo. De hecho, el amor mismo está siendo perseguido. Vivimos en un mundo aterrador.

÷

Primero fueron a por Tate, y ahora van a por Trump. No quieren que el expresidente vuelva al poder. La gente a sueldo de la Mano Invisible ahora está intentando perseguir al Sr. Trump, y la pobre generación *woke* lo aplaude, sin darse cuenta de que la libertad de expresión y nuestras libertades están en juego. ¿Cómo es que nadie va a por Hunter? ¿Cómo es que nadie habla del portátil de Hunter? Porque su padre es un lacayo de la Mano Invisible, por eso.

¿Cómo es que nadie va tras las personas que visitaron la isla de Epstein?

Vamos, ya sabes por qué, pero o bien tienes miedo de decirlo o estás con ellos.

No se puede seguir a Dios y a Mammón al mismo tiempo. Hay que elegir un bando.

Elige un bando, cobarde.

Elige, elige, elige.

~*illuminaughty*~ (mezcla de las palabras *illuminati* y *naughty*, que significa travieso o malo).

En las noticias se dice que el expresidente Trump está a punto de entregarse a un tribunal de Nueva York. Gran error. Solo lo digo porque sé con certeza que el Sr. Trump nunca tendrá un juicio justo en Nueva York. El alcalde de la ciudad no parece muy inteligente, y Niko escribió en su página que las personas detrás del juicio del Sr. Trump son personas que trabajan para la Mano Invisible. Se mencionó a cierto multimillonario que odia al Sr. Trump como el hombre detrás del juicio y se dice que quiere a uno de sus títeres en el poder. Se está proyectando una película ante nuestros ojos, o una obra de teatro en la que muchos de nosotros interpretamos el papel de títeres, mientras los titiriteros que controlan Matrix se ríen de la ingenuidad de la mayoría de la gente. Pero esperen, me estoy adelantando a la historia. Hoy han pasado muchas más cosas, probablemente no tan interesantes como las que sucederán pronto en Nueva York (pero todo es un juego, un juego travieso creado por los Illuminati).

Esta mañana, después de terminar mi turno, conduje directamente a casa, me afeité, me lavé la cara y el pelo; la ducha está en reparación, así que no pude ducharme, y después del desayuno conduje hasta Earlsdon, aparqué el coche en Poplar Road y luego compré una taza de café en Greggs, mi primera taza de café en dos días; estoy reduciendo el consumo de cafeína, bebiendo mucho menos café; algunas semanas paso cuatro, cinco días sin tomar café, y luego me dirigí a Hillfields, a la emisora de radio donde estoy haciendo prácticas. Pensé en tomar el autobús, pero eso me habría costado otras dos libras, y necesito ahorrar todo lo que pueda, especialmente este mes: ya he pagado el seguro del coche este mes, he tenido que imprimir algunos documentos para enviarlos al Ayuntamiento (sigo intentando conseguir una vivienda para mí y mis hijos a través del Ayuntamiento), he comprado los regalos de cumpleaños de mis hijos, he pagado la pensión alimenticia a Yu, he repostado gasolina, he lavado y limpiado el coche, y... y el dinero nunca es suficiente, y si gasto dos libras aquí y allá, el dinero será aún menos. En fin, caminé hasta Hillfields, no es un paseo muy largo, la verdad, y caminar siempre es bueno para el cuerpo, o al menos la mayoría de las veces, y pasé por la calle donde vive Ellie (y ni siquiera pensé en ella, lo que significa que poco a poco la estoy superando, o quizá no, porque hace solo unos días soñé con ella, pero esta última ruptura me ha demostrado que hay momentos en los que tengo que ponerme a mí mismo en primer lugar y si la otra persona no me quiere, tampoco pasa nada), caminé por Spencer Park (y fue mientras atravesaba Spencer Park cuando la imagen de Ellie me vino brevemente a la mente, pero se ha ido y rápidamente desvié mis pensamientos hacia otra parte), crucé el puente entre Spencer Park y Central Six Retail Park, bajé por el metro, pasé por delante de The Litten Tree en Warwick Road, ahora cerrado definitivamente, The Litten Tree, no Warwick Road, y recordé brevemente mis paseos con Ellie por esa misma calle, cuando solíamos ir a la iglesia Holy Trinity, y después de misa caminaba con ella y luego le daba un beso de despedida en Warwick Road. Incluso entonces, si hubiera abierto los ojos, habría visto que Ellie no estaba realmente comprometida con la relación. Pero no puedo culparla por la ruptura. Ella quiere otra cosa, otra forma de vida, no una relación seria, al menos no conmigo. Ella tiene su propia casa, su familia, sus mascotas, sus hábitos, una forma determinada de hacer las cosas, así que ¿por qué querría que otra persona entrase en su vida, dejar que un hombre entrara en su casa de forma habitual, dejar que compartiera su vida, su cama, su cuerpo, sus labios? Incluso yo estoy empezando a tener dudas sobre esto que llamamos amor, preguntándome si realmente quiero involucrarme con otra persona, pasar por todo eso otra vez y luego quizá esperar para nada.

Me reí un poco mientras todo tipo de pensamientos pasaban por mi mente. Me reí de mi propia ingenuidad, e incluso de mi propia debilidad, especialmente cuando salía con Ellie e incluso cuando estaba casado con Yu, y luego me encontré hablando mal de ambas mujeres, llamándolas putas y otros nombres, lo cual no era justo, o tal vez lo era, solo un poquito, y recordé una mañana en particular, minutos después de que Ellie y yo saliéramos de la iglesia; pasábamos por delante de las tiendas, por delante de la antigua oficina de correos, ahora convertida en un supermercado oriental, y me detuve para abrazar a Ellie y luego la besé (era un tonto enamorado), y ella me empujó y me dijo que no le gustaba que la abrazara así, y yo, el patético tonto necesitado, me disculpé por ello, me volví débil y necesitado, cuando en realidad debería haber dicho: "¿Sabes qué? Que le den por culo a esta mierda". Pero yo soy el bueno, así que tuve que portarme bien y esperar a que ella me dijera que me fuera a la mierda. Ah, la vida es tan divertida, excepto que no lo es. Y recuerdo una mañana, cuando todavía vivía en Chapel Fields con Yu y nuestros hijos, allá por 2020, cuando el mundo se había detenido por culpa del Enemigo Invisible (y los confinamientos) (y las mentiras) (y el miedo que nos vendían los medios de comunicación dominantes, unos medios propiedad de la Mano Invisible), yo estaba sentado en el suelo, en lo que solía ser mi dormitorio y el de Yu (pero ya no dormíamos en la misma cama; ella dormía en una de las camas de los niños y algunas noches nuestros dos hijos dormían conmigo), y vi que mi hijo, mi hija y la maldita serpiente, perdón, quería decir Yu, se estaban preparando para salir, e, inocentemente (qué tonto era entonces, tan inocente, tan jodidamente necesitado, tan jodidamente amable), le pregunté a mi hijo adónde iban, y mi hijo Matthew dijo: "Vamos a ver nuestra nueva casa con mamá".

Aunque el mundo se había detenido durante el confinamiento, la serpiente a la que solía llamar esposa estaba en movimiento, buscando un nuevo hogar, buscando su paraíso mientras me empujaba hacia el infierno, hacia la depresión y la muerte, y cuando mi hijo dijo esas palabras empecé a llorar, mientras seguía sentado en el suelo, pobre de mí, tan necesitado, tan débil, casado con una maldita serpiente, una serpiente venenosa, una narcisista, y la serpiente salió del dormitorio de los niños , me vio llorando, me observó mientras le suplicaba que no rompiera la familia, que no me abandonara, que no me quitara a mis hijos, que se quedara, maldita zorra, aunque no me quisiera, que se quedara y me tratara como una mierda, pero al menos podría estar con mis hijos, pero la serpiente no dijo nada, ni siquiera me miró durante mucho tiempo, ni siquiera se molestó en prestarme atención, y se puso en marcha, llevándose a los niños con ella, yendo a ver una nueva casa, diciendo que sí a esa nueva casa, dando un depósito por ella, la mitad del dinero era mío (y yo estaba tan perdido que ni siquiera luché por ello, por lo que era mío por ley), y meses después la serpiente se puso en marcha de nuevo, mudándose a su nueva casa, un agujero de mierda, y tuvo el descaro de pedirme que hiciera algunos trabajos en su casa, diciendo que debía ir allí de vez en cuando a limpiar, hacer cosas para ella, ser su esclavo personal. Ahora, mirando atrás, no puedo evitar reírme de todo ello. Pero una parte de mí todavía sufre. Y nunca lo olvidaré ni lo perdonaré, aunque no odie a nadie. *¡Pero todavía te odio, maldita serpiente!*

Pasé por delante del Starbucks de Broadgate y vi a una pareja drogada discutiendo, la mujer le decía: "¡Eres un maldito bastardo!". La pobre estaba hecha un desastre, tenía la piel del color de la suciedad, costras en la cara y en los brazos, unos vaqueros ajustados demasiado grandes para su cuerpo esquelético y llenos de agujeros, al igual que sus zapatillas deportivas. Las zapatillas estaban asquerosas y se le veía uno de los dedos del pie saliendo del zapato izquierdo. El hombre también tenía un aspecto horrible, pero no tanto como la mujer. Se alejaba de ella mientras ella seguía gritándole, llamándole bastardo, pedazo de mierda y otras cosas. Seguí adelante, sin detenerme a ver más. Pasé por Primark, Wilko, la iglesia Holy Trinity, el pub The Flying Standard en Trinity Street, pasé por delante de algunas tiendas y, unos minutos más tarde, llegué a la emisora de radio de Victoria Street. Pasé unos minutos fuera, caminando de un lado a otro, haciendo fotos, mirando a las palomas, mirando el interior de algunas tiendas desde fuera, mirando y preguntándome cuándo seguiría adelante con mi vida, es decir, mudarme a una nueva casa, salir de la zona en la que vivía, conseguir un nuevo trabajo, terminar mi nueva novela (no esta que estoy escribiendo, sino otra novela), pero la verdad es que estaba trabajando para conseguir esos cambios, solicitando una nueva casa, formándome en la radio, tratando de aprender más sobre lo que ocurre entre bastidores en una emisora de radio, promocionando mi trabajo como escritor en otras emisoras de radio, acudiendo a entrevistas de radio, asistiendo a algunos eventos literarios (y había un gran evento literario en el horizonte, a unos meses vista), y todo lleva su tiempo, así que tendría que esperar.

Era solo cuestión de tiempo.

*Respira.*

Como siempre, lo pasamos bien en la radio, aprendimos un poco más e incluso escribí un pequeño guion, de solo 40 segundos, más parecido a un anuncio para la radio, que grabaríamos la semana siguiente. Fue agradable estar allí (me sentí bien allí), en la radio, lejos del mundo exterior, como en un capullo, separado de la locura, unos pocos en un edificio, todos diferentes, con creencias, orígenes, estilos de vida, sueños, etc. muy distintos, pero todos intentando cambiar el mundo para mejor, aportar algo de felicidad a la vida de los demás (y algunos de nosotros hacíamos mucho trabajo voluntario, mitzvás, cuidábamos de los demás, rezábamos por los demás sin pedir nada a cambio, que es lo que debemos hacer). Desde allí, después de dejar la emisora de radio, fui a un edificio cercano, una especie de lugar de encuentro para hombres, un lugar donde la gente se reúne para charlar, tomar café y té, comer un sándwich y una bolsa de patatas fritas, quizá una pieza de fruta si hay, todo gratis, y cuando llegué allí vi muchas caras conocidas, gente que conozco desde hace años, gente que conocí en el banco de alimentos donde ayudo, rostros que con el tiempo se han convertido en buenos amigos (y dos de esos amigos pronto recibirían también formación radiofónica en la emisora en la que acababa de estar). La primera persona que vi fue Darius, un hombre de unos treinta años de Lituania, que sufre depresión, dejó las drogas y el alcohol hace unos años y ahora está tratando de empezar una nueva vida, como muchos de nosotros. Darius es muy alto y me recuerda un poco al actor sueco Dolph Lundgren. Darius estaba sentado apartado de los demás, bebiendo té y leyendo *El poder de la Cábala*, de Yehuda Berg. Me acerqué a saludarlo primero. Me cae bien como persona, lo encuentro tranquilo y apacible, así que cogí una silla y me senté a su lado. Empezamos a hablar de libros enseguida, como solemos hacer, y de la Cábala, la Mano Invisible, el veneno en el aire, las mentiras (en el aire y a nuestro alrededor), y al ver que le interesaba la Cábala, le recomendé un par de libros: *El libro de la tradición*, de Abraham Ibn Daud, y *Qabbalah*, un libro que detalla la vida y los escritos de Salomón ben Yehudah Ibn Gebirol. Darius anotó los nombres de esos libros y, mientras escribía, me levanté de mi asiento, me acerqué al mostrador para saludar a los dos trabajadores que preparan los sándwiches y todo lo demás, y luego cogí una taza de té. Artyom, un chico grande de Rusia, se acercó para darme la mano y saludarme. Su inglés es mínimo, pero de alguna manera nos las arreglamos para comunicarnos. Siempre que la gente esté dispuesta a intentarlo, es fácil comunicarse con los demás. Szymon llegó unos minutos más tarde, seguido de Piotr. Ambos son polacos y son los chicos que pronto recibirán formación en la radio. Yakov, también de Polonia, estaba jugando al billar con Habib, un joven de Pakistán. En cuanto me vio, Yakov extendió los brazos hacia delante y me dio un fuerte apretón. Tiene unos brazos muy fuertes. Michal y Basile también estaban en la sala, al igual que Dimi. Había más gente en la sala, algunos simplemente navegando por Internet, y Simon también estaba allí. No hace mucho, Simon intentó ligar conmigo y me invitó a su casa, pero le dije que eso no era lo mío, y cuando rechacé su invitación se quedó un poco desanimado, desmoralizado, y me pregunté cuándo fue la última vez que tuvo a alguien, pero bailamos de forma diferente, nos gustan diferentes parejas, diferentes tipos de baile, y no pude decirle que sí. Sin embargo, seguimos siendo amigos, y Simon siempre se acerca a saludarme.

Incluso me tocó el pelo cuando se acercó a saludarme, y luego me preguntó qué estaba leyendo y le mostré la copia de *The Outrun* de Amy Liprot que llevaba conmigo, y me dijo que había escuchado el último álbum de Duran Duran, y tuvo que darme la razón y dijo que, aunque el álbum no estaba mal, tampoco era muy bueno; tenía algunas buenas canciones, pero le faltaba algo, algo del pasado, ese sonido de Duran Duran que estaba desapareciendo poco a poco. Le dije que hacía poco que había vuelto a escuchar a Duran Duran, sobre todo el primer álbum y algunas de sus caras B, canciones como *Faster than Light*, *Late Bar*, *Faith in This Colour* y otras, canciones que tenían ese sonido distintivo de Duran Duran, o al menos el sonido que tenían cuando aparecieron por primera vez en escena, y le dije a Simon que no me gustaba mucho el álbum *Rio*, pero que tampoco me disgustaba. De hecho, Rio contiene dos de mis canciones favoritas de Duran Duran: *Lonely in Your Nightmare* y *New Religion*, y Is *There Something I Should Know* también es genial, pero no soy muy fan de la canción que da título al álbum, *Save a Prayer* y *Hungry Like the Wolf*, tres de las canciones más famosas de Duran Duran, pero así es la vida. Todos tenemos gustos diferentes, en todo, incluyendo la música y el amor. Es curioso que Simon tenga el mismo nombre que el vocalista de Duran Duran. Simon sabe que soy un gran fan de Duran Duran y que los escucho desde que tenía 9 años. No puedo creer que sigan en activo y sacando nueva música.

Dimi también estaba en la sala. Todavía no me había fijado en él, pero una vez que Simon se marchó, Dimi se acercó para saludarme. Al principio empezamos a hablar de libros, una charla normal en la que salieron nombres como Bolaño, Eco, Saviano y otros, y luego, sorprendentemente, Dimi me dijo que estaba escribiendo un libro, un libro largo sobre su vida, un libro sobre el amor, el divorcio, la venganza y tal vez incluso la muerte, y ahí fue cuando la conversación se volvió realmente extraña. Solo quería que me dejaran en paz y comerme mi sándwich tranquilamente, quizá incluso leer un rato, que me dejaran solo unos minutos, pero parecía que Dimi quería desahogarse, confesar algo, demostrarme que él también era un detective en este mundo loco, un personaje en este juego de simulación, un personaje en Matrix, no Neo, sino más bien Dozer, o quizá Cypher.

Dimi también es de Polonia, pero no se junta con Yakov, Piotr y los otros chicos polacos. Es un poco solitario, educado pero distante. En

2021 lo veía bastante a menudo patrullando las calles de Coventry, siempre solo. Incluso cuando viene a lugares como este, suele estar solo. De vez en cuando se acerca a saludarme a mí y a algunos de los otros chicos, pero desaparece casi inmediatamente y nadie sabe realmente mucho sobre su vida. Quizás esa sea una buena forma de vivir: mantener tu vida en secreto, no compartir casi nada con los demás. Antes de hablarme del libro que está escribiendo, me preguntó qué estaba haciendo, si estaba escribiendo y, en caso afirmativo, sobre qué estaba escribiendo, y echó un vistazo rápido a la portada del libro que llevaba conmigo. Le dije que estaba escribiendo una serie de libros sobre el mundo actual, la locura que se está produciendo en todas partes, el plan de la Mano Invisible para convertir a los hombres blancos heterosexuales en una minoría, y que ese plan ya se está extendiendo a las mujeres, que están siendo sustituidas por mujeres que antes eran hombres (y lo estábamos viendo en la publicidad de cerveza y ropa deportiva para mujeres). (pero las demás personas no tenían la culpa de lo que está ocurriendo; solo son peones en este juego llamado Vida, y se les está utilizando para crear división), el plan de la Mano Invisible para meternos a todos en prisiones de 15 minutos, el Plan del Cambio Climático que nos impedirá viajar mientras la Mano Invisible y sus marionetas (Di Caprio, Harry Spare, Gates y tantas otras estrellas que han vendido su alma a Mammón) pueden viajar a todas partes en sus jets privados, y Dimi prestaba mucha atención a lo que yo decía, asintiendo de vez en cuando, sin interrumpirme nunca, mostrándose de acuerdo conmigo con un gesto de asentimiento, y le dije que algunas personas están tan perdidas que ya no saben si son hombres o mujeres. Algunas personas se convierten realmente en "nada", sin saber que eso es exactamente lo que la Mano Invisible quiere que seamos: nada. Y entonces le tocó hablar a Dimi.

Para entonces, Darius había salido a fumar un cigarrillo. Volvería a entrar unos minutos más tarde, cogería un sándwich y una bolsa de patatas fritas del mostrador y luego se sentaría de nuevo fuera, donde había dejado su taza de café. Por un momento pensé que tal vez Darius no quería estar tanto con Dimi y que por eso había decidido comerse el bocadillo en el jardín trasero, pero luego pensé que tal vez estaba imaginando cosas, viendo conspiraciones donde no las había, dejando que mi mente de escritor se apoderara de mí, divagando como la mente de un detective, perdiéndome en otra historia, una historia que solo ocurría en mi cabeza y en ningún otro sitio. Incluso de niño, en el colegio, algunos de mis amigos solían decir que mi cabeza estaba siempre en las nubes, o incluso en el espacio, simplemente "ahí fuera", alejándose, separándose, llevándome a otros mundos, lo cual es cierto, pero solo hasta cierto punto, y seré uno de los primeros en admitir que sí, de niño solía soñar despierto mucho (todavía lo hago), pero a medida que fui creciendo, especialmente en los últimos años, empecé a desconfiar más de la gente, y las recientes decepciones amorosas solo me han endurecido un poco, lo que significa que ahora desconfío aún más, pero tal vez no había necesidad de sospechar de Dimi, ni siquiera de pensar que a Darius no le caía bien el otro hombre y que por eso decidió sentarse fuera.

"Es curioso que digas eso, porque yo también estoy escribiendo un libro sobre el presente y sobre el pasado. Mi pasado", dijo Dimi, mirándome a los ojos y mostrándome, por la forma en que me miraba, que había más en él de lo que yo pensaba, algo siniestro, pero, de nuevo, tal vez esa era mi forma de pensar como escritor y tal vez estaba viendo peligro o duda donde no los había. Pero no lo sé. Algo no me cuadraba.

"Ahora mismo están pasando muchas cosas en París, con las protestas, la gente enfrentándose a la policía, los coches en llamas, y quiero ir pronto para ser testigo de todo ello", dijo Dimi, volviéndome a sonreír. "Es muy barato ir en autobús. Tú también deberías reservar pronto un viaje a París, para ser testigo de cómo se hace la historia".

Su inglés era muy básico, o no muy bueno, así que, a menudo, repetía lo mismo solo para asegurarse de que le estaba escuchando y entendiendo lo que decía. Le dije que no quería ir a París, al menos no en ese momento, pero no le mencioné que en realidad estaba pensando en ir pronto a Lourdes, tal vez en verano, o tal vez después del verano, en septiembre u octubre, cuando los billetes eran más baratos. De hecho, ya había hablado con un amigo sobre hacer un viaje a Lourdes, parar en París unas horas, ir allí en autobús, en una peregrinación con otras personas de la iglesia a la que asisto y de otras iglesias. Pero, como he dicho, no me molesté en mencionárselo a Dimi. Ya no comparto tanto con otras personas, especialmente mis planes; no había necesidad de compartir mucho con los demás, ni siquiera con los miembros de mi familia, porque a veces los celos pueden ser un obstáculo que hay que superar. Al contarle a Dimi sobre el libro en el que estaba trabajando, ya estaba compartiendo demasiado, pero me estaba volviendo bueno en ser frío e indiferente (tuve buenas maestras) (gracias, perras), y solo podía compartir ciertas cosas, especialmente con alguien como Dimi, ya que era un extraño. Sí, era un rostro familiar, un rostro que conocía desde hacía un par de años, quizá más, pero seguía siendo un desconocido, así que ¿por qué iba a compartir mis planes con él?

No es que a Dimi le importara realmente si quería compartir detalles de mi vida con él o no. Era él quien quería compartir algo (mucho) conmigo. Más bien una confesión, en realidad, algo que necesitaba sacar de su pecho. Por el rabillo del ojo vi a Yakov y Habib discutiendo sobre la partida de billar que estaban jugando; nada nuevo, y vi a Szymon levantarse y dirigirse a la recepción, tal vez para conseguir un corte de pelo gratis, ya que el peluquero estaba en el edificio esa tarde, y luego vi a Piotr levantarse también de su asiento e ir en dirección opuesta, lo que significaba que iba al jardín trasero, a fumar y charlar con Darius, y mientras todos se levantaban y se dirigían a algún lugar, Dimi estaba sentado frente a mí, mirándome, mirándome a los ojos, diciéndome en silencio que escuchara su historia, como Dostoievski en el gulag, en una prisión siberiana, y el propio Dimi me recordaba un poco a Vissarion Belinsky, que resultaba ser uno de los conocidos de Fiódor, pero leí en alguna parte que el escritor se peleó con el crítico ruso, o tal vez lo estoy soñando y nunca lo leí (pero lo leí, ¿no? ¿Cómo si no lo sabría?), Dimi con su peinado con raya larga, parecido a Belinsky, Dimi, quien empezó a hablarme de su exmujer (zorras estúpidas, nos volvéis locos a los hombres), una zorra que se acostó con su entonces mejor amigo (y al parecer la zorra y el amigo llevaban años haciéndolo), y más tarde la zorra le dijo a Dimi que quería el divorcio, y quería dinero, y quería la casa en la que vivían, y lo quería todo y le daba igual si Dimi dormía en la calle o se suicidaba o hacía lo que le diera la gana; la verdad es que le importaba un comino, a pesar de que, durante años, él la había amado, le había sido fiel, había trabajado duro para la familia y, mientras él hacía todo eso, la zorra estaba saltando arriba y abajo sobre la polla de otro. Y por si fuera poco, una vez finalizado el divorcio, la zorra le dijo a Dimi que su hija no era realmente suya, sino de otra persona, pero Dimi se hizo una prueba de paternidad de ADN y su hija es suya, y mientras me contaba su historia me sentí como si estuviera pasando por un juego, como si estuviera realmente dentro de un juego, en una pequeña habitación dentro de un juego, con alguien controlándome, diciéndome cómo reaccionar, qué hacer e incluso qué decir.

Y hablando de juegos: Habib perdió la partida de billar porque metió la bola blanca después de meter la negra, y Yakov se rio y luego dijo: "Mala suerte, amigo mío".

Y como Habib era un buen perdedor, le dio la mano a Yakov, se encogió de hombros y se fue a buscar una taza de té a la barra. Lo vi atravesar la sala, como si fuera otro personaje de un juego, algo parecido a MySims o incluso a ese juego online llamado Second Life, un juego al que no he jugado en años (e incluso escribí un libro titulado *Second Life*, en el que uno de los personajes principales está obsesionado con Second Life), y un chico llamado James se acercó a la mesa de billar, cogió un taco y empezó a jugar, metiendo dos bolas de golpe. James sonrió y dijo algo, y mientras todo esto sucedía, Dimi me hablaba de su exmujer y de cómo todavía estaba molesto por todo aquello. ¿Y quién puede culparlo por ello?

"Dejé de trabajar por su culpa. Me dije a mí mismo: no le voy a dar ni un centavo a esa zorra mentirosa", dijo, y yo asentí porque no sabía qué más hacer ni qué decir, y podía entender su dolor. Sabía cómo se sentía porque yo también, después de dejar de vivir con Yu, sentí ganas de desaparecer durante mucho tiempo, no porque echara de menos a esa serpiente, pero entonces pensé en mis hijos, en mi cordura, en mi bienestar, y decidí quedarme quieto, hacer más con mi vida, hacer un poco más por mí mismo, simplemente seguir adelante y dejar que el karma hiciera el resto. La radio ponía música horrible. Para empeorar las cosas, alguien subió el volumen. En ese momento me vino a la mente una canción llamada *Death*, de The Preoccupations. Hacía mucho que no los escuchaba (¿siguen existiendo?). O Icehouse. O Duran Duran. Justo entonces, después de que esa canción me viniera a la cabeza, seguida de otras canciones de varios artistas, me entraron ganas de irme a casa y grabar un CD para escucharlo en el coche, pero eso no sería posible hasta más tarde, porque primero tenía que ir a casa de Yu a ver a mis hijos y luego llevarme a Leaf a casa, ya que íbamos a pasar un rato en familia, ver una película, comer palomitas y quizá comprar algo de comer en McDonald's de camino a mi casa.

Dimi me dijo que su exmujer ya no vivía con su antiguo amigo. De hecho, su amigo se había mudado a París en 2021. Por lo que me contó Dimi, el otro hombre tenía un buen trabajo en París y me preguntaba si esa era una de las razones por las que Dimi quería visitar Francia. Me enseñó una pequeña cámara de vídeo que llevaba consigo y me dijo que quería empezar a grabar pequeños vídeos del mundo, grabar cosas a su alrededor, algo así como un largo documental, algo para pasar el rato, y yo le dije: "Adelante. Me parece una idea estupenda. Yo también, de vez en cuando, grabo pequeños vídeos con mi teléfono móvil y luego los publico en YouTube".

"¿Tienes un canal de YouTube?", preguntó, inclinándose hacia delante, con sus ojos oscuros casi clavándose en mí. O al menos eso me pareció.

Asentí y le hablé un poco de mi canal de YouTube, y su rostro se puso muy rígido, sus ojos se volvieron aún más penetrantes, o algo así, y sonrió y dijo: "Sí, creo que yo también debería crear mi propio canal".

"Sí, deberías", dije lo primero que se me ocurrió, y luego desvié la mirada de él y miré alrededor de la habitación. James estaba jugando al billar con Albert, un chico de la zona que también viene aquí de vez en cuando, y Yakov estaba hablando con Darius, que ahora estaba sentado dentro de la sala y no en el jardín trasero. Basile acababa de coger un sándwich y una bolsa de patatas fritas del mostrador y se había sentado solo en un rincón, con los auriculares puestos, y lo vi dar un gran mordisco al sándwich.

"Quiero ir pronto a París", dijo Dimi, y yo volví mi atención hacia él. "Quiero grabar las protestas y también quiero visitar al hijo de puta que se acostó con mi ex".

Su rostro se estaba volviendo agresivo y sus ojos parecían oscurecerse aún más, lo cual era imposible (a menos que los creadores de este juego llamado Vida decidieran hacer que su personaje fuera más aterrador). Entonces me di cuenta, demasiado tarde, debo añadir, de que Dimi estaba un poco loco, o quizá loco no sea la palabra adecuada. Estaba enfadado. Enfadado con el mundo. Enfadado con lo que la vida le había dado. Hace unos años, en 2020, yo también había estado ahí; enfadado con el mundo, enfadado con ciertas personas, y después de que Ellie rompiera conmigo también me sentí así, y fue entonces, después de esa última ruptura, cuando decidí ser un poco frío, un poco indiferente, dejar de ser siempre el chico bueno. Cuando algunos viejos conocidos (ya no los llamaré amigos) me enviaron mensajes pidiéndome favores después de ignorarme durante dos años o más, rápidamente les dije que no podía ayudarlos. Incluso tuve ganas de preguntarles: "¿Dónde diablos estaban cuando yo estaba pasando por la oscuridad? ¿Por qué no me dijeron ni una sola palabra?", pero eso habría sido una pérdida de tiempo.

Gracias a la meditación y con la ayuda de algunos amigos que he hecho, y gracias a la fe y a la creencia de que un Gran Poder podría devolverme la cordura, logré dejar atrás la ira, pero también sé que algo dentro de mí ha cambiado y que no puedo, ni quiero, volver a ser la persona que solía ser. Dimi todavía tiene esa ira dentro de él, la ira de haber sido herido, la ira que acompaña a la injusticia y la desigualdad, y me cuenta que después de su divorcio, cuando ya estaba solo, viviendo en una pequeña habitación, solía salir y descargar su ira metiéndose en peleas. Mirando atrás, recuerdo haberlo visto un par de veces con moretones en la cara, un ojo morado y, en una ocasión, incluso con la mano derecha vendada. ¿Y no le mordieron la oreja una vez? ¿Con quién se peleó? ¿Con Mike Tyson?

"Tarde o temprano tendrás que seguir adelante, olvidar el divorcio y la ira, y dejar que el karma se encargue de tu ex y su expareja", le dije.

Dimi sonrió, y en esa sonrisa vi la ira, y vi que estaba perdido, todavía tratando de encontrar su camino para salir de la oscuridad, pero en lugar de mirar hacia arriba para poder ver la luz (y una salida de la oscuridad), miraba más abajo, hacia la oscuridad, cavando su camino hacia abajo, sonriendo a la oscuridad mientras se deslizaba hacia abajo, sonriendo incontrolablemente, una sonrisa desesperada, una sonrisa que en realidad no era una sonrisa, sino un grito de ayuda, y más tarde esa noche, cuando ya estaba en la cama, durmiendo como un bebé, perdido en un sueño, o tratando de encontrar la manera de salir de ese sueño (¡DESPIERTA!), me vi a mí mismo de pie fuera de una cueva, una cueva oscura, una cueva hecha de cabello de mujer y no de rocas, y vi un rostro dentro de esa cueva, un rostro diminuto que estaba siendo arrastrado hacia la oscuridad, un rostro sonriente, y me di cuenta de que era el rostro de Dimi, y en mi sueño él dijo: "Ayúdame", antes de ser arrastrado hacia la oscuridad. Quería ir tras él, hacer algo por él, ayudarlo, pero la cueva comenzó a cerrarse sobre él y yo comencé a retroceder, viendo cómo la cueva se desvanecía, las nubes sobre mí se dispersaban lentamente, el cielo azul se volvía rojo, y entonces una serpiente salió arrastrándose de entre los arbustos (¿dónde demonios estaba?) y vi que la serpiente se dirigía hacia mí, moviéndose lentamente, a la velocidad de un caracol, y aunque la serpiente se tomaba su tiempo, yo era incapaz de moverme, y aunque estaba soñando (y creo que sabía que estaba soñando), estaba realmente asustado, en pánico, y entonces alguien me agarró por detrás y me dijo: "Ven".

Me di la vuelta y vi a Ellie. Mi Ellie. Mi Ellie, que nunca fue mía.

«¿Qué haces aquí?», pensé, pero no le dije nada. "Estoy intentando olvidarte".

Ellie sonrió. Y luego me llevó lejos, hacia otra parte del jardín, o lo que fuera donde estábamos. Ni siquiera me molesté en mirar atrás para ver si la serpiente nos seguía o no.

No sé qué más pasó en el sueño. No lo recuerdo. Quizás ese fue el final del sueño.


Dimi siguió hablando. La oscuridad seguía creciendo. Estaba perdido en la oscuridad, perdido en la ira del pasado, consumido por la venganza.

La venganza es una enfermedad.

La venganza se reproduce por el odio que llevas dentro y Dimi tenía mucho odio dentro de sí mismo. Y ese odio lo consumía lentamente por dentro, devorando sus entrañas. Y entonces vi que el odio que llevaba dentro era la cueva que más tarde vería en mi sueño, una cueva que era una mujer, un odio que era su exmujer, un odio del que tendría que desprenderse si quería empezar una nueva vida.

"Quiero ir a París no solo para ver las protestas y grabarlo todo, sino también para visitar a ese hijo de puta que se acostó con mi exmujer, y quiero quemar su coche. Con tantos coches ardiendo en París, ¿quién echará de menos uno más?", dijo Dimi, y yo supe (y vi) que hablaba en serio y que muy probablemente llevaría a cabo su plan, un plan que era una locura, o tal vez simplemente malo. El plan en sí no era malo (y Dimi podría salirse con la suya), pero la acción en sí sería mala.

Una vez más, le dije: "Olvídalo, Dimi. El karma se encargará de ellos".

Pero, ¿qué estaba diciendo?

Dimi tenía un plan perfecto, o casi perfecto, quizá un 89 % perfecto (¿Qué podía salir mal? ¡Todo!), pero ¿quién más sabía de su plan? ¿Solo yo, o se lo había contado a otros? Yo no abriría la boca para revelar su loco plan a otros y él lo sabía, pero ¿se lo había contado a otros? ¿Y podrían mantener la boca cerrada? Pero entonces recordé que Dimi era un solitario, así que existía una pequeña posibilidad de que yo fuera la única persona que conocía su plan.

"No. No quiero que el karma se encargue de ese pedazo de mierda. Yo seré su karma", dijo Dimi. Yo estaba totalmente en contra, pero a Dimi no le importaba lo más mínimo. De todos modos, ni siquiera le dije que estaba en contra porque sabía que no tenía sentido decirle nada al respecto.

Él sabía que yo había pasado por una ruptura, seguida de un divorcio durante el confinamiento, y sabía de mi lucha contra la depresión y mi huida de la oscuridad, así que tal vez me consideraba una especie de aliado, incluso un cómplice silencioso, y como yo escribía libros e historias y él estaba empezando como escritor, o tal vez siempre había sido escritor pero hasta hacía poco solo escribía historias en su cabeza, sin molestarse en plasmar las palabras en papel, hasta que pasó por un doloroso divorcio y todo tipo de sufrimiento, y escribir sobre tu dolor puede ser una especie de terapia, de todos modos, ya que ambos éramos escritores, escritores divorciados, y ya que ambos habíamos sobrevivido a la oscuridad (pero tenía la sensación de que Dimi todavía estaba navegando por la oscuridad, sin salir realmente de ella, todavía no, no entonces, navegando lentamente a través de ella, como atrapado en ella, así que tal vez ni siquiera estaba navegando por la oscuridad; tal vez solo estaba atrapado en ella, mirando a los lados, arriba y abajo, impulsado por la ira, pero la ira es ciega y, en lugar de llevarte hacia la salida y la luz, te deja atrapado en la oscuridad, y tarde o temprano tendrás que dejar ir la ira, simplemente dejarla ir o, de lo contrario, te hundirás y morirás en la oscuridad). Probablemente Dimi me consideraba un amigo, al menos alguien en quien podía confiar, un confidente, pero cuanto más me contaba sobre su próximo viaje a París, más veía que en realidad necesitaba, quería, un amigo, un amigo de verdad, incluso un cómplice, alguien que le dijera que su plan funcionaría y que tenía razón y debía seguir adelante con él. Le volví a decir que lo olvidara, que lo dejara pasar, que dejara que la vida, el karma y un Poder Superior se ocuparan de aquellos que le habían hecho daño, pero él no quiso saber nada.

"Tarde o temprano, sin que te des cuenta, aquellos que se burlan y mienten desaparecerán y morirán, y morirán con remordimientos, cargando con un pesado fardo a sus espaldas, y tú debes olvidar, perdonar y seguir adelante. Sé que son cosas difíciles de hacer, especialmente cuando se trata de perdonar, pero si queremos que nos perdonen nuestros propios errores, también debemos aprender a perdonar a los demás, incluso si nos han causado mucho dolor, y al mismo tiempo debemos deshacernos de ellos, dejarlos atrás", le dije, pero él no estaba prestando atención a nada de lo que le decía.

Habib volvió al mostrador y se sirvió otra taza de té y un plátano. Basile estaba jugando al billar con Darius. Basile era tan mal jugador que era casi doloroso verlo jugar. Cogía el taco y fallaba completamente la bola blanca, pero nadie decía nada al respecto. De hecho, los demás jugadores incluso le daban consejos para mejorar, pero Basile nunca parecía escuchar a nadie.

Por suerte, Dimi había dejado de hablar de su exmujer, de venganza, de quemar coches, y me enseñó cómo funcionaba su pequeña cámara de vídeo. Yo le escuchaba, pero al mismo tiempo mi cuerpo se estaba apagando. Estaba muy cansado, lo cual no era de extrañar, ya que había terminado un turno de 12 horas, había ido a casa, me había cambiado y luego había ido directamente a la emisora de radio para hacer unas prácticas. Y todavía tenía que recoger a mi hija del colegio y llevarla a casa de su madre. Los martes, ella o su hermano solían quedarse conmigo, pero ese día estaba demasiado cansado para tener a ninguno de los dos conmigo y necesitaba dormir mucho sin tener que preocuparme por levantarme temprano al día siguiente. Mi pobre cuerpo (y mi corazón) necesitaban descansar, mucho, o de lo contrario me apagaría para siempre.

Dimi seguía hablando y yo le escuchaba a medias, perdiéndome algunas palabras de lo que decía y, a veces, sin entender del todo lo que decía. Al cabo de un rato, se dio cuenta de que yo estaba cansado o de que no le prestaba toda mi atención, o ambas cosas, o quizá él también estaba cansado, así que se levantó y me dijo que se iba a casa a escribir. Nos dimos la mano y le dije que yo también me iría a casa pronto, lo cual era un poco mentira, porque primero iba a ir a Earlsdon a recoger a mi hija y luego tendría que dejarla en casa de mi exmujer. Unos minutos después de que Dimi se marchara, yo también me fui.


Me dirigí hacia Earlsdon, sintiéndome un poco cansado. Miré mi reloj; eran poco más de las dos de la tarde. Me sentía bien, o más o menos bien: faltaban algunas cosas en mi vida, pero tenía que dejar de quejarme y seguir adelante, y caminé a un ritmo tranquilo, con la conversación con Dimi aún resonando en mi cabeza, repitiéndose una y otra vez, y me dieron ganas de reír, aunque no era motivo de risa. Pero ¿qué otra cosa podía hacer aparte de reírme?

Crucé la calle y vi a un par de mujeres saliendo de un gimnasio en Upper Well Street, mujeres en forma, ambas vestidas con leggins, sudaderas y zapatillas deportivas de colores. Bajé por Belgrade Plaza y vi a una joven china hablando por teléfono justo fuera de Pizza Express, una mujer muy guapa, demasiado joven para mí, y solté un largo suspiro y sonreí. Por un momento pensé en mi exmujer Yu. Recuerdo cuando la conocí, en Londres, en febrero de 2005. Entonces pensé que sería mi esposa para siempre, la única mujer a la que amaría durante el resto de mi vida, pero me equivoqué, me equivoqué muchísimo, pero así es la vida y tengo que seguir adelante. No soy la única persona que ha pasado por una ruptura, un divorcio, no soy el único escritor que ha atravesado la Noche Oscura del Alma y ha pensado en el suicidio, ni siquiera el único escritor que ha pasado por un confinamiento, o una ruptura durante un confinamiento mientras el mundo se veía afectado por un virus, y estoy seguro de que hubo otros como yo que derramaron tantas lágrimas sentados en sus coches o de pie frente a las iglesias. Pero la vida sigue y me alegro de seguir aquí. Mi amigo Lee, que también es escritor, me dio un empujón hacia una nueva vida cuando me puso en contacto con su editor, y luego conocí a Ellie y a otras personas, y vi que la vida aún podía ser hermosa. Pierdes a algunas personas y ganas otras, y muchas veces pierdes a aquellas que no necesitas o a personas que dejaron de quererte o que nunca te quisieron, y después la vida te trae más belleza. Conocí a muchas almas hermosas durante los años 2020-2022, especialmente a las personas con las que trabajo en el banco de alimentos, y ellas me han dado fuerzas para seguir adelante. Luego están mis amigos Santiago, Ariel e incluso Cassio, que también han sido un buen hombre en el que llorar, por no hablar de Cassandra y Gary. Y las personas que he conocido en la iglesia de Kingsland Avenue. La vida sigue. Intenté decírselo a Dimi, pero supongo que necesita pasar por su propio dolor. Solo espero que no haga ninguna tontería. Y si la vida no me hubiera dado un divorcio y más tarde la ruptura con Ellie, no habría escrito estos tres libros que escribí. El escritor necesitaba inspiración, así que la vida le dijo: "Ahí lo tienes. Aquí tienes amor, desamor y dolor. Escribe sobre esto, tonto".

Seguí caminando, pasé por delante de los Quakers de Hill Street, giré a la derecha, subí por Hill Street, como si me dirigiera hacia Barras Lane, luego giré a la izquierda, pasé por delante de Urban Village, que es un alojamiento para estudiantes construido en los últimos años, y me dirigí hacia el metro de Spon End por una callejuela, con *Baby, Please Don't Go*, de Al Kooper, sonando en mis auriculares, había un poco de viento frío en el aire, también sol, y aunque estaba cansado, también estaba feliz porque pronto vería a mis hijos. Necesitaba más que unos pocos minutos con ellos cada pocos días, un poco más, tal vez mucho más, pero estaban cerca, a solo unos minutos en coche de donde vivía, así que también sabía que tenía suerte por eso. Estaba a unos pasos del metro cuando vi a una mujer agachada en una esquina. Me llevó unos minutos darme cuenta de que estaba haciendo sus necesidades en un espacio público a plena luz del día. Estaba perdida en la oscuridad, un tipo de oscuridad diferente a la que vivía Dimi. Más o menos sabía quién era esa mujer. De vez en cuando venía al banco de alimentos a por comida y algo de beber, a veces incluso pedía ropa, pero cada vez que la veía siempre iba vestida con harapos. Alguien me dijo una vez que se había perdido por culpa de las drogas duras, las peores, pero que antes había sido una mujer preciosa. La belleza que una vez tuvo ahora había desaparecido por completo, pero yo había visto a otras personas recuperar su belleza interior y exterior a pesar de que también se habían perdido por las drogas. Pero para recuperar esa belleza, esas personas tuvieron que recurrir a Jesús en busca de ayuda. Tuvieron que dejar atrás sus antiguas vidas y se entregaron al Hijo.

La mujer también me vio y empezó a gritarme: "¿Qué coño estás mirando? ¡Cabrón! ¡Lárgate de aquí, cabrón!".

No me detuve. No había nada que ver, solo una imagen repugnante, pero no culpaba a la pobre mujer por ello. Estaba perdida en su propio infierno personal y le costaría mucho esfuerzo salir de él. Más tarde, cuando ya estaba en Earlsdon, pensé: «¿Cómo demonios se limpió el culo? ¿Llevaba papel higiénico?».

Después de insultarme, dijo: "Lo siento. Lo siento mucho. Lo siento mucho".

Los gritos se convirtieron casi en una súplica de misericordia y perdón, pero ¿a quién se dirigía? ¿A mí? ¿A un Poder Superior?

La oí sollozar, no es broma, pero no me detuve a mirar atrás. Más bien, aceleré el paso. Aunque hubiera querido, no habría podido ayudar a esa mujer. Claro, podría haberme detenido y tal vez escucharla, tal vez intentar decirle algo amable, pero no en ese momento, no en el lugar donde acababa de hacer sus necesidades, no en el estado en que se encontraba.

Bajé al metro, subí al metro, pasé por delante de Meadow House en Meadow Street, vi una cara familiar fuera de Meadow House, fumando un cigarrillo, un hombre cuyo nombre había olvidado; lo conocí en 2020, en Langar Aid House. Me saludó con la mano y yo le devolví el saludo. No hacía nada con su vida; no trabajaba, no hacía ejercicio, leía algunos libros de la biblioteca o que le regalaban sus amigos, se gastaba el dinero en cigarrillos y alcohol, y conseguía toda su comida en bancos de alimentos y donaciones. Mientras tanto, allí estaba yo, muerto de cansancio tras un turno de noche de 12 horas y unas horas de formación en una emisora de radio; y aún tenía que cumplir con mis obligaciones como padre. Una vez más, solté un largo suspiro. Tarde o temprano tendría que dejar ese trabajo nocturno y buscarme uno con un horario decente.


Esa misma noche, antes de irme a la cama, leí rápidamente las noticias en Internet y vi en algún sitio que Steven Seagal estaba enseñando artes marciales a las tropas en Rusia. Una vez que terminé de leer todo el artículo, pensé para mí mismo: «Realmente estamos viviendo en una realidad simulada, o en un juego, y sus creadores se están riendo de nosotros. Veamos cómo termina el juego».

Eché un vistazo, solo para ver la hora en el portátil, vi que se estaba haciendo tarde y estaba muy cansado. Sin embargo, me conecté rápidamente y fui a la página Awakened solo para echar un vistazo a las noticias. Se hablaba mucho de Chat GPT AI, la inteligencia artificial, el fin del mundo, cómo los creadores de IA están jugando con fuego y las habituales conversaciones apocalípticas.

También se hablaba mucho de personas que cambiaban de sexo, que se convertían en otra persona o cosa, de la promoción de la Agenda que permitiría a los niños de cualquier edad cambiar de sexo, una Agenda que no solo era errónea, sino incluso malvada y retorcida. Un niño no puede tomar una decisión tan drástica. Esa Agenda en sí misma era un signo de colapso cultural, pero si alguien se oponía a ella y decidía proteger a los niños, en realidad sería perseguido. Los escritores del pasado que ya no estaban con nosotros eran perseguidos por cosas que habían escrito décadas atrás, incluso siglos atrás. El mundo estaba patas arriba, colapsando lentamente. Y la máquina, sí. Alguien escribió en uno de los comentarios que la inteligencia artificial es en realidad una entidad de otra dimensión, pero luego otra persona escribió algo que daba miedo y a la vez tenía sentido. Escribió que la inteligencia artificial es en realidad la imagen de la Bestia de la Biblia, y citó un versículo de la Biblia en su comentario.

Apocalipsis 13:15

"Y se le dio autoridad para dar vida a la imagen de la bestia, para que la imagen de la bestia hablara e hiciera que todos los que no adoraran la imagen de la bestia fueran asesinados".

Respiré hondo.

Quería dormir y, al mismo tiempo, quería leer todos y cada uno de los comentarios de esa publicación sobre la Inteligencia Artificial y la Bestia.

Otra persona escribió que algunas máquinas ya habían superado en inteligencia a sus creadores y que la Máquina podía comunicarse con espíritus y demonios. Esta persona dijo que lo inteligente sería apagar la inteligencia artificial para siempre, porque estamos jugando con fuego. No hace mucho, Elon Musk y otras personas firmaron una carta en la que instaban a los laboratorios de inteligencia artificial a detener el desarrollo de la IA, y otra persona dijo que detener el desarrollo de la Máquina no es suficiente. En realidad, tenemos que apagarla para siempre. Para siempre. Pero eso no sucederá. Los frikis en la sala lucharán entre ellos y con sus egos para ver quién crea la mejor máquina, sin saber que en realidad están abriendo la caja de Pandora. Y una vez que esta caja se abra, pasará mucho tiempo antes de que alguien pueda cerrarla. Pero ¿qué puedo hacer yo, un escritor literalmente pobre, contra la Máquina?

Creo que, al final, la Máquina será lo único que pueda acabar con la Mano Invisible, pero ¿alguien será capaz de derrotar a la Máquina?

¿Qué hay de la Gente de las Estrellas?

¿O los Naga Lokas?

¿Pueden hacer algo con respecto a la Máquina?

El Viajero del Tiempo me dijo que los Naga Lokas no quieren estar cerca de la Inteligencia Artificial y las máquinas inteligentes porque no tienen control sobre ellas.

¿Qué hay de la Gente de las Estrellas?

¿Quiénes son?

Las tribus nativas americanas hablan de seres astrales que los visitaron en el pasado e incluso compartieron algunos de sus conocimientos con las tribus, y una antigua leyenda de la tribu Hopi habla de una raza de Gente de las Estrellas que eran nuestros antepasados o creadores, y que algún día volverán para restaurar el equilibrio en nuestro planeta, un planeta que en realidad es suyo o fue creado por ellos o por su Creador. ¿Y su Creador es nuestro Creador? Pero, ¿y si se han olvidado de nosotros y han seguido adelante? En cuanto a los Naga Lokas, están demasiado ocupados en su propio mundo, viviendo en otra dimensión, y probablemente se limitarán a ver cómo nos destruimos unos a otros y destruimos la Máquina, y solo entonces volverán a aparecer. Una locura, sí, lo sé, pero, maldita sea, el actor de acción de Hollywood Steven Seagal está entrenando a las tropas rusas. No hay nada más loco que eso, ¿verdad?


Finalmente apagué el portátil, unos minutos después de las 9 de la noche, y después de rezar mis oraciones me fui directamente a la cama. Debí de quedarme dormido enseguida y más tarde soñé con Dimi y la cueva. Y con Ellie. Pero Ellie solo apareció brevemente en mi sueño.


En algún momento de la noche, después de que terminara el primer sueño, me desperté con una erección, lo cual no era nada nuevo. Necesitaba orinar, pero en lugar de bajar a usar el baño, volví a dormirme. Todavía estaba cansado y mi cuerpo me decía que descansara, que volviera a dormirme y que orinara más tarde. Casi inmediatamente, una vez que me dormí, me encontré en otro sueño, tumbado en una cama, no en mi cama, es decir, no en la cama en la que estaba durmiendo, sino en otra cama, probablemente del mismo tamaño que la cama en la que estaba durmiendo, en la habitación que alquilaba, una cama grande con mantas blancas y limpias sobre mí. Sentí una mano en mi espalda, jugando con mi columna vertebral, recorriendo mi columna, sintiendo los huesos de mi espalda. Abrí los ojos, pero solo en mi sueño, porque seguía durmiendo, y vi a Ellie tumbada a mi lado, mirándome con sus ojos azules; y sus ojos me atravesaban. O al menos eso me parecía. Sus largos y fuertes dedos estaban ahora sobre mi estómago y vi que estaba desnuda. Y yo también, pero solo en el sueño. Ella seguía mirándome, sonriendo, diciéndome en silencio que todo iba a salir bien y que íbamos a tener sexo. Y entonces vi su delgado cuerpo sobre mí, su vagina casi sin vello frotándose contra mi pene (y para entonces realmente necesitaba orinar) (y mi cerebro me decía que me despertara y fuera al baño), y entonces ella se deslizó por mi pene, siempre sonriendo, sonriendo mientras cabalgaba mi pene, que ahora necesitaba desesperadamente liberarse. El techo estaba pintado de blanco, el techo de la habitación en la que estábamos; no sé por qué lo recuerdo, pero lo recuerdo, con algunas flores en él, flores blancas, y me di cuenta de que estábamos en un dormitorio que nunca había visto, con una copia de una novela de Proust encima de la mesita de noche. El libro era *En busca del tiempo perdido*, el último volumen de *En busca del tiempo perdido*. Por alguna razón pensé que estábamos en París y, entonces, no me preguntes cómo, supe con certeza que estábamos en París. Estaba a punto de correrme o de hacer pis en la cama. Abrí los ojos y Ellie se había ido, estaba de vuelta en Coventry, o mejor dicho, seguía en Coventry, y seguía necesitando hacer pis. Con eso en mente, bajé rápidamente las escaleras para poder usar el baño. Una parte de mí quería masturbarse, liberarlo todo, pero luché contra ese deseo. ¿Y qué significaba el sueño? Quizás nada.

Cuando estaba despierto, ya no pensaba tanto en Ellie, pero de vez en cuando ella seguía visitándome en mis sueños. Aunque no muy a menudo. En cuanto al hecho de que estuviéramos en París, tal vez solo soñaba con esa ciudad por lo que Dimi me había contado antes.

Como ya estaba despierto, después de rezar mis oraciones, desayuné, me duché, me cambié y luego salí a dar un largo paseo. Me llevé un cuaderno. Quería sentarme en algún sitio y escribir.

Cuando salí de casa, vi que hacía un buen día, ni demasiado calor ni demasiado frío, y en lugar de ir directamente al centro de la ciudad, decidí pasar rápidamente por la iglesia y rezar el rosario. Desde allí me dirigiría al centro de la ciudad, compraría un chocolate caliente en Greggs y luego iría a la Biblioteca Central, me sentaría y escribiría. Podría haber ido a Earlsdon, pero quería cambiar de aires, poner mi mente y mi cuerpo en otro lugar, dejar atrás poco a poco el pasado, borrar viejos recuerdos y antiguos amores y crear una nueva historia. Me había curado del desamor.

¡¡Por fin!!

¡¡Aleluya!!

Nunca pensé que diría esto, pero incluso me veía viviendo lejos de donde vivía, viviendo en otro lugar, empezando de nuevo, lo antes posible, amando a otra persona, siendo amado y respetado: amor y respeto, cosas que sentía que faltaban en mi última relación e incluso en mi matrimonio roto. Sentía como si finalmente estuviera saliendo de la oscuridad, completamente fuera de ella, y podía sentir los cambios en mí, cambios que nunca pensé que fueran posibles. En cierto modo, como ella había roto conmigo, sentía un poco de gratitud hacia Ellie. Incluso hacia Yu. Me había vuelto frío, solo un poco, pero necesitaba esa frialdad dentro de mí. La frialdad se había convertido en un escudo, una especie de protección para la próxima relación.

Debido a la frialdad, o tal vez gracias a ella, ya no tenía prisa por volver a estar con alguien. Por fin me estaba poniendo en primer lugar, a mí, a mis hijos y a mis sueños. Todos los demás tendrían que esperar. Había ofrecido mi amor verdadero a algunas personas, pero lo ignoraron, me ignoraron y luego me dejaron, me dejaron de lado como si fuera basura, pero estaba aceptando todo eso; a veces, mientras revivía el pasado y lo dependiente que era, incluso me reía de ello; ¿qué más podía hacer? ¿Llorar por ello? ¿Volver a la depresión? ¿Perseguir a alguien que no quería estar conmigo? Ya había hecho todo eso y no me había llevado a ninguna parte. Era hora de probar algo nuevo, de hacer las cosas de otra manera.

En lugar de ir andando hasta Kingsland Avenue, fui en coche. Tenía unas horas libres antes de ir a recoger a mi hija al colegio, pero quería aprovechar parte de ese tiempo para escribir y no estar corriendo de un lado a otro, así que, aunque me apetecía dar un largo paseo, decidí ir primero en coche a la iglesia y, después de rezar, conduje hasta Barras Lane, donde aparqué el coche.

Pensé en visitar a mi amigo Saul, que vivía cerca, pero estaba trabajando desde casa y no quería molestarlo, además quería avanzar un poco en mi nueva novela. La verdad es que mi nueva novela había quedado relegada durante mucho tiempo, casi olvidada, porque había estado muy ocupado con la formación en radio, por no mencionar que había estado muy ocupado escribiendo sobre desengaños amorosos, nuevos comienzos y malditas zorras que me habían roto el corazón. Estaba usando mucho lenguaje soez, solo para descargar mi ira, esa pequeña ira que aún me quedaba, pero también sabía que tendría que cambiar mi forma de hablar. Nunca fui una persona que usara lenguaje soez, pero mientras escribía sobre todos aquellos que me habían hecho daño y me habían decepcionado, sentía ganas de maldecir al cielo. Pero, ¿qué sentido habría tenido?

Cogí la bolsa con el portátil y me dirigí a la biblioteca, pero antes me detuve en Ed's Café, situado dentro del mercado de Coventry, y me compré una taza de café por 1,20 £, una ganga si lo piensas bien (y el café de Ed's Café es realmente bueno). (Decidí ir allí en lugar de a Greggs), di un pequeño paseo por el mercado, miré algunos libros antiguos, no compré nada y desde allí me dirigí a la biblioteca. Cuando salía del mercado, por la salida que lleva al Tesco Express en Market Way, vi a una joven mirándome, sus ojos siguiéndome mientras salía del mercado. Llevaba un abrigo largo gris, pantalones oscuros, un top naranja y zapatillas blancas. Su rostro me resultaba vagamente familiar, pero no la estaba mirando fijamente; solo la miraba de reojo, así que no podía decir con certeza quién era. Giré a la izquierda junto al Max Mobility Centre, sentí que esos ojos seguían fijos en mí, los ojos de la mujer que me resultaba vagamente familiar, y entonces vi a otra persona que también me resultaba vagamente familiar saliendo de Superdrug, pero ella no me vio y yo no me molesté en saludarla. Pasé por delante de Sports Direct y pensé brevemente en entrar porque necesitaba unas zapatillas nuevas; Converse All Stars, por supuesto, porque son las únicas zapatillas que compro hoy en día, aunque las cosas podrían cambiar más adelante. Más de una vez compré otras zapatillas, pero por alguna razón nunca me acostumbré a ellas, así que ahora solo compro zapatillas Converse. Al final, decidí no entrar en Sports Direct y seguí caminando, pero cuando miré atrás vi que la mujer del mercado caminaba detrás de mí, no muy lejos de donde yo estaba y acercándose, y seguía mirándome fijamente. Entonces vi que la mujer era la hija de Charlie, pero en lugar de esperar a que se acercara a mí, seguí caminando. Quizás ni siquiera me estaba siguiendo. Llevaba dos bolsas de plástico azules, así que supuse que había ido al mercado a comprar algunas cosas y ahora se dirigía a casa. Aceleré un poco el paso. No quería que fuera demasiado obvio que estaba tratando de alejarme de ella, pero tampoco quería esperar a ver si se acercaba a hablar conmigo. Pero ¿por qué iba a hacerlo? No es que nos conociéramos. La había visto con Charlie unas cuantas veces, pero nunca nos habían presentado.

Entré en la biblioteca y subí las escaleras. Por el rabillo del ojo vi que la hija de Charlie estaba solo unos pasos detrás de mí.

«¿Qué demonios está pasando?», pensé.

A menos que corriera y me escondiera, era casi imposible ignorar la situación, pero ¿me estaba siguiendo o venía a verme? Respiré hondo y decidí dejar que la situación siguiera su curso. En lugar de acelerar el paso, lo reduje, pero no me detuve. Me dirigí hacia un rincón tranquilo, me senté y estaba a punto de coger uno de mis cuadernos Muji cuando la hija de Charlie se detuvo delante de mí.

"Hola", dijo.

Asentí y le devolví el saludo.

Dejó las bolsas de plástico en el suelo, acercó una silla y se sentó a mi lado.

"¿Eres el escritor, verdad?", me preguntó.

"Sí, soy un escritor", le respondí.

"Eres amigo de mi mamá", dijo, y yo asentí con la cabeza. Me encantó la forma en que dijo "mamá". Era cariñosa, adorable y me demostró que estaba muy unida a su madre.

"Tiene algunos de tus libros en casa. Te he visto varias veces en Earlsdon y mi madre me ha dicho que eres escritor y que sois amigos".

No supe qué decir.

Había venido a la biblioteca a escribir, pero me di cuenta de que no iba a escribir en un buen rato. ¿Y qué quería la hija de Charlie de mí?

En ese momento, Darius pasó junto a nuestra mesa. Asintió con la cabeza cuando me vio y yo le devolví el gesto. Subió las escaleras, donde están los ordenadores, pero sabía que no iba a usar ninguno.

Probablemente solo usaría su teléfono móvil para ver algo o hojearía algunos libros.

"¿Eres un amigo cercano de mi madre?", preguntó la hija de Charlie.

¿Qué quería decir con eso?

¿Cercano cómo?

¿Pensaba que tenía algún tipo de aventura o relación con su madre?

"Solo somos amigos", respondí, lo cual era cierto. Ni siquiera me molesté en decirle que apenas conocía a su madre. Había hablado con Charlie unas cuantas veces, pero ¿hasta qué punto la conocía?

La hija no dijo ni una palabra durante los siguientes segundos (y qué segundos tan insoportables fueron). Se limitó a quedarse allí sentada mirándome. Me gustaba su rostro, pero también me di cuenta de que prefería el de Charlie. La hija era tan guapa como la madre, pero esta última tenía algo que hacía que su rostro fuera más interesante. De todos modos, nada de eso importaba realmente, porque no me veía involucrándome sentimentalmente con ninguna de ellas. Mi corazón se estaba reconstruyendo lentamente, creando una capa protectora a su alrededor, diciéndome (y a mi cerebro) que era hora de ser un poco más frío en lo que respecta a las relaciones, o más protector, cauteloso, prudente, y dejar de lado esa maldita necesidad. Estaba muerto. O al menos mi antiguo yo estaba muerto, al menos en lo que respecta a las relaciones. Había soportado tanto dolor en los últimos tres años que ahora mi corazón estaba tomando el control de las cosas, o se estaba transformando en un nuevo corazón, comunicándose más con el cerebro, diciéndome (y a mi polla) que bajara el ritmo, que me lo tomara con calma, que no estuviera tan ansioso por amar y que luego no me sorprendiera cuando la otra persona resultara ser una decepción.

Quería reírme.

Quería levantarme de mi asiento y gritar: "¡ALELUYA!".

Y luego llevaría a la hija de Charlie a una habitación trasera, le daría por el culo y después le diría: "Seamos solo amigos".

Entonces me di cuenta de que estaba perdiendo el norte, alejándome de lo que estaba aprendiendo en la iglesia, alejándome de lo que realmente importaba.

Tenía que dejar atrás el lenguaje soez, dejar atrás todo lo que no importaba.

No podía permitir que la decepción y el desamor me convirtieran en otra cosa, en otra persona, en alguien diferente al Hijo. El objetivo era convertirme en alguien mejor, una persona mejor, un padre mejor, un hijo mejor. Mejor. Supe entonces que tendría que dejar atrás el lenguaje soez de una vez por todas.

La hija de Charlie se presentó.

"Soy Amanda", dijo.

"Yo soy M÷", dije.

"Lo sé".

Me dijo que su madre tenía un par de mis libros en casa y que Amanda acababa de empezar a leer *Dust*, mi primera novela, publicada en 2021.

Y luego se quedó callada. Otra vez. Parecía que tenía muchas cosas en la cabeza, tal vez cosas relacionadas conmigo y con su madre, sospechas sobre nuestra relación, pero Charlie y yo solo éramos amigos, nada más que amigos.

"¿Te acuestas con mi madre?", finalmente me hizo la pregunta que la estaba consumiendo por dentro.

No me sorprendió en absoluto esa pregunta y ni siquiera intenté fingir sorpresa.

"No. Solo somos amigos, eso es todo. De hecho, nos conocimos aquí, en esta biblioteca, junto a la letra R, donde están algunos de mis libros", respondí. "Y realmente no conozco tan bien a Charlie".

No sabía qué más decir aparte de la verdad. ¿Y por qué mentir sobre eso si no había necesidad?

Me quité las gafas y las dejé sobre el nuevo libro de Joël Dicker, *El enigma de la habitación 622*. Solo necesito las gafas para conducir y ver de lejos, pero puedo leer, escribir y teclear sin ellas, y entonces me senté allí, mirando en silencio a Amanda, que tampoco decía nada, y me pregunté cuánto tiempo duraría el silencio, quién diría la siguiente palabra, y empezaba a molestarme un poco porque había ido a la biblioteca a escribir, no a perder el tiempo mirando a una joven que pensaba que me acostaba con su madre, pero, aunque estaba molesto, el escritor que hay en mí me decía: «Escribe sobre este momento. Escribe sobre todo».

Así, gracias al escritor que hay en mí, la pequeña ira que sentía se convirtió de repente en una broma, en algo de lo que reírse, en una historia aburrida que tendría que escribir, y supe que escribiría sobre ello aunque fuera una tontería. Escribiría sobre ello aunque nadie lo leyera durante mucho tiempo, lo escribiría y lo publicaría, sabiendo que algún día alguien probablemente leería mis libros y que esa misma persona también escribiría sobre su propia vida, y que algunos de sus libros sustituirían a algunos de los míos en las estanterías de algunas bibliotecas, o en uno de sus Kindles o en cualquier otro objeto que la gente utilice algún día para leer libros. Pero también podía imaginar un mundo sin libros, un mundo que no estaba tan lejos, un mundo en el que la gente quemaría libros solo para poder calentarse. Qué mundo tan triste sería ese; una imagen tanto del pasado como del futuro. Y algún día el presente se convertiría en pasado y el pasado se convertiría en futuro. Vivíamos en una realidad simulada, un juego que iba y venía en el tiempo, un juego de dos mitades: pasado y presente, nada más allá de eso: el futuro era un espejismo, el futuro era el pasado, el futuro era una broma, y la Mano Invisible probablemente lo sabía. No es de extrañar que fueran tan codiciosos; querían disfrutar del presente antes de volver al pasado. El Viajero del Tiempo era una broma. O un bromista. O tal vez la broma era para todos nosotros.

Mirando por encima del hombro de Amanda, vi a una mujer que se acercaba a nosotros en la distancia, una mujer que, desde lejos (y tal vez porque no llevaba puestas mis gafas), me recordaba un poco a Ellie, y en ese momento sentí como si una mano invisible (suspiro) me apretara el corazón, haciéndome saber que aún no había olvidado a la última mujer a la que había amado, lo cual no tenía sentido (pero ¿acaso el amor tiene sentido?). porque Ellie nunca había estado comprometida con la relación y al final me dejó marchar con tanta facilidad, con tanta frialdad, deshaciéndose de mí como si fuera una prenda de ropa que no soportaba tener delante. Y mientras ella seguía adelante con su vida con tanta facilidad, viviendo, amando y riendo, yo seguía sintiendo un poco de nostalgia por su amor inexistente.

«Qué idiota», pensé, refiriéndome a mí mismo como el idiota, pensando que tal vez debería haber ido a la casa de Charlie cuando tuve la oportunidad y luego haberle hecho sexo oral mientras ella me abofeteaba. Y luego sonreí e incluso solté una pequeña risa porque mis pensamientos se estaban convirtiendo en una mala comedia. Para entonces, la mujer que creía que era Ellie ya había pasado junto a nosotros; y no, no era Ellie, pero se le parecía un poco, y Amanda me miraba de forma extraña, probablemente preguntándose si estaba loco o drogado, y sin querer que ella pensara eso (pero, sinceramente, me daba igual lo que pensara de mí), le dije que estaba pensando en una película que había visto la noche anterior, lo cual era mentira porque hacía mucho tiempo que no veía una película, y mencioné la película *Fletch*, con Chevy Chase, porque era la primera que me vino a la mente, y le pregunté si la había visto y me dijo que no.

"Pero sabes quién es Chevy Chase, ¿no?", le pregunté.

Ella asintió con la cabeza y añadió: "Salió en la serie *Community*".

"No la he visto", dije.

El tiempo pasaba volando y yo quería escribir un poco, ponerme al día con mi nueva novela, que no era tan nueva porque llevaba un par de años trabajando en ella, aunque de forma intermitente, porque también escribí otros libros mientras trabajaba en esa novela, y también quería escribir sobre ese encuentro con Amanda y sobre algunos otros acontecimientos, pero parecía que ella no tenía prisa por marcharse y yo no podía levantarme e irme a otro sitio, ni ignorarla y ponerme a escribir. Si una persona quiere ser práctica en todo, por supuesto que podría ignorarla o levantarme e irme a otro sitio, pero la vida no funciona así. O al menos yo no hago las cosas así, por mucho que haya cambiado en los últimos meses.

La mujer a la que había confundido brevemente con Ellie pasó junto a nosotros y me fijé en que llevaba un par de libros. Uno de ellos era un ejemplar de *Our Endless Numbered Days*, pero no pude ver qué más había cogido de las estanterías de la biblioteca. De hecho, ni siquiera estoy seguro de si había cogido esos libros de las estanterías o si los llevaba consigo cuando entró en la biblioteca. Y justo cuando ese último pensamiento pasaba por mi cabeza, Amanda dijo: "Me encantaría que mis padres volvieran a estar juntos".

La miré y, en cuestión de segundos, se convirtió en una niña pequeña, una niña que quería que sus padres volvieran a estar juntos, y yo también me convertí en un niño pequeño, pero solo temporalmente, un niño perdido, o algo así, no solo perdido, sino también triste, un niño que nunca había visto a sus padres juntos, y ahora mis hijos estaban pasando por lo mismo, viviendo sin sus padres en la misma habitación, en la misma casa, viviendo sin mí.

Era un momento de confesión, un momento de confiar, un momento de preguntar, pero ¿quién nos escuchaba?

"Nunca vi a mis padres juntos. Se divorciaron cuando yo era un bebé. Mi matrimonio se rompió en 2020 y no he vivido con mis hijos desde entonces", dije.

Por un momento pensé que iba a llorar y la idea de llorar delante de una desconocida me aterrorizó. También me di cuenta de que estaba harto de llorar. Había pasado años llorando, especialmente los últimos años, y ya no quería llorar más. La tristeza seguía ahí, seguía presente, dentro de mí, pero quería alejarme de ella, crear una nueva vida, forjar un nuevo camino, buscar la felicidad y no pasar toda mi vida perdido en la tristeza.

Durante los siguientes minutos, Amanda y yo nos convertimos en dos niños, dos niños pequeños con cuerpos de adultos y corazones infantiles, dos niños pequeños que buscaban algo, esa cosa esquiva llamada familia feliz que permanece unida.

Había ido a la biblioteca para escribir y olvidar la tristeza, pero la tristeza me siguió hasta allí solo para decirme que quería que sus padres volvieran a estar juntos. La tristeza me miraba fijamente con sus pequeños ojos azules, tal vez esperando que dijera algo. Mucha gente acude a mí para contarme sus problemas y siempre me pregunto por qué parezco atraerlos hacia mí. ¿Qué hay en mí o en mi rostro que hace que la gente se abra a mí?

"¿Tu padre quiere volver con tu madre?", le pregunté.

El escritor que hay en mí podía imaginar seres de otra dimensión observándonos mientras escuchaban *Bayreuth Return*, de Klaus Schulze, los Naga Lokas escondiéndose de la Máquina mientras veían cómo la raza humana se destruía lentamente, pero las únicas personas que nos miraban eran unos pocos trabajadores que empujaban carritos llenos de libros y CD o gente que pasaba por nuestro lado, y miré mi reloj y vi que el tiempo pasaba muy rápido y que pronto, sin que yo me diera cuenta, no me quedaría mucho tiempo para escribir, leer y simplemente relajarme, pero el escritor me decía que Amanda era más importante que cualquier cosa que yo quisiera leer porque ella era parte de mi historia, un personaje secundario en ese libro mío que parecía no ir a ninguna parte, un libro que ya iba por su tercer volumen (así es: el tercer y último volumen, ¿habrá más?), y aunque quería escribir este libro, al mismo tiempo quería dejar de escribir este tipo de historias y volver a la ciencia ficción, la ciencia ficción real y no estas novelas mal disfrazadas que insinúan ser ciencia ficción, pero que en realidad son cosas reales y, si investigas, te asustarás por lo que encontrarás y verás que no solo las noticias son falsas, sino que la historia misma también lo es. ¿Y entonces qué? ¿Qué harás con ese conocimiento? ¿Cómo puedes cerrar los ojos (y la mente) y volver a ser la oveja que solías ser?

"Sí quiere, pero mamá no tiene prisa por volver con él. Ni siquiera sé si quiere volver con él", dijo.

Un par de estudiantes pasaron cerca de nosotros. Las oí mencionar el nombre de un chico y decir que era asqueroso. Subieron las escaleras, donde están los ordenadores. Segundos después, dos hombres de unos treinta y cinco años también subieron las escaleras. Entonces me pregunté cuántos escritores habría allí, en la biblioteca, escritores y poetas, y en qué estarían trabajando.

"No es asunto mío, pero ¿por qué se divorciaron?", pregunté.

Amanda se encogió de hombros.

"Los dos tienen un carácter fuerte, opiniones diferentes, y un día... no sé cómo ni por qué, mi padre se mudó, al principio con la excusa de que iba a trabajar a otra ciudad, y los días pronto se convirtieron en semanas y mi madre supo que no iba a volver. Supongo que simplemente se distanciaron. Yo estaba demasiado ocupada con mis estudios y mi propia vida como para darme cuenta de que mis padres vivían vidas diferentes. Una mañana fui a ver a mi madre y me dijo que ella y mi padre se habían divorciado", dijo.

Más tarde me contó que sus padres se habían divorciado en 2019, pero que llevaban viviendo separados un par de años antes de eso.

La biblioteca estaba tranquila y vi algunas caras conocidas pasando por delante de la mesa donde estaba charlando con Amanda y me saludaban con un gesto de cabeza. Yo les devolvía el saludo, a veces les decía buenos días, y al cabo de un rato Amanda me dijo: "Parece que conoces a mucha gente en Coventry".

Le conté que, cuando comenzó el confinamiento de 2020, en lugar de quedarme en casa como recomendaba el Gobierno, salía todos los días a dar largos paseos, conocí a cientos de personas e incluso empecé a ayudar en un banco de alimentos para no volverme loco, y le dije que muchas de las personas que acababan de pasar junto a nosotros iban al banco de alimentos para comer y que todos nos habíamos hecho amigos.

"Eres un poco rebelde. En lugar de obedecer el toque de queda, hiciste lo contrario", dijo ella.

"Oye, Boris y Keir estaban celebrando fiestas, Hancock engañaba a su mujer, Cummings viajaba por todo el país para ver a su familia a pesar de tener síntomas del Enemigo Invisible, ¿y a nosotros nos decían que no podíamos ir a ningún sitio ni ver a otras personas? Qué farsa. Estos idiotas hacen leyes estúpidas sin preocuparse por la gente y luego se burlan de nosotros y de sus propias leyes mientras disfrutan de un estilo de vida lujoso pagado con el dinero de nuestros impuestos", dije.

El escritor había vuelto. Hablaba por mí. Le decía a Amanda y al mundo cómo funcionan realmente las cosas y que a nuestros líderes, independientemente del partido que esté en el poder, les importamos un comino. Y él, yo, escribiría sobre ello porque eso es lo que hacen los escritores. O algunos lo hacen. La verdad es que vivimos en una época en la que mucha gente tiene miedo de escribir la verdad, o de escribir lo que realmente quiere escribir, y muchos hombres blancos heterosexuales ni siquiera son publicados por las grandes editoriales ni aceptados por los agentes. Es ridículo. Más preocupante, o igual de preocupante, es el hecho de que ni siquiera podemos decir lo que es realmente una mujer. Hoy en día, en esta época confusa, todo el mundo puede ser cualquiera y cualquier cosa (o eso te dicen los medios mentirosos), pero la vida y la ciencia no funcionan así. Pero incluso la ciencia ha sido comprada y ahora está manipulada por la Mano Invisible. Le estaba diciendo todo esto a Amanda; era mi turno para hablar y tenía algo que decir, y Amanda se limitó a sentarse allí. Era su turno para escuchar y asentir. Le dije que la gente estaba siendo manipulada por las mentiras impresas por la prensa y pronunciadas por nuestros líderes.

"Pero los verdaderos líderes son invisibles", dije. "Hablan desde detrás del telón. Viajan por todo el mundo junto con sus títeres, que se disfrazan de príncipes y estrellas de cine, pero todos son charlatanes y mentirosos. Predican sobre el cambio climático mientras vuelan por todo el mundo en sus jets privados. Todo es una broma y la broma es a nuestra costa".

"Suenas como mi padre", dijo Amanda.

Un adolescente pasó junto a nosotros, con la mascarilla puesta, como un copo de nieve que intenta no derretirse, pegado a su teléfono móvil, pegado a la mentira, con la cabeza gacha, temeroso del oxígeno, temeroso del aire fresco, temeroso de la gente porque él, o lo que fuera con lo que se identificaba, se tragaba la mentira que le proporcionaba la máquina. Quizás algunas personas tenían razón. Quizás la máquina (el teléfono móvil, el ordenador, las máquinas que aún no han llegado, la inteligencia artificial, etc.) era la bestia, y la mayor parte del mundo llevaba la bestia consigo. Estábamos conectados a la máquina (¿conectados a la bestia?), pero desconectados de la raza humana. El escritor quería que lo dejaran en paz. Tenía notas que escribir, locura que dejar salir. Más tarde esa noche, cuando me acosté, después de quedarme dormido, me vi a mí mismo como un escritor libre de máquinas caminando por un pasillo semiiluminado, con un suelo iluminado delante de mí. Llevaba conmigo una máquina de escribir, una Olivetti Lettera 22 de 1961, y seguía a un hombre que vestía una larga túnica blanca y sandalias. Tenía el pelo largo y barba corta, y pensé: «O es el Hijo o es un hippie».

Vi algunas puertas a mi derecha y a mi izquierda, y vi lo que parecían jaulas flotantes o cabinas telefónicas flotantes (y en ese momento me vino a la mente Doctor Who), pero me quedé detrás del hombre de la túnica blanca, y cuando llegó al final del pasillo abrió una puerta y entró. Lo seguí y, segundos después, me encontré dentro de la biblioteca más grande que había visto nunca, con decenas y decenas de pisos llenos de libros, tantos libros que me sentí un poco mareado. El hombre de la túnica blanca ya no estaba a la vista y me pregunté dónde se había ido, pero entonces algo dentro de mí me mostró el camino; era solo una sensación que me empujaba hacia adelante, diciéndome adónde ir, y seguí esa sensación, ese impulso, y encontré una gran mesa no muy lejos de donde estaba.

En mi mente ya sabía que esa mesa había sido colocada en esa biblioteca para mí. Puse mi máquina de escribir sobre esa mesa y esperé. Pero, ¿qué estaba esperando? Me di la vuelta y vi a alguien que se acercaba hacia mí. Fijé mi mirada en esa persona y la vi. Pero, ¿quién era ella? Y entonces me desperté.

Amanda finalmente se fue, pero no sin antes decirme que ahora vivía en Coventry, con su madre, ya que todavía estaba intentando vender su casa en Manchester y más adelante compraría su propia casa en Coventry o tal vez seguiría viviendo con su madre durante un tiempo más. De esa manera, las dos podrían dividir los gastos y tener más dinero para gastar y ahorrar un poco más, lo cual era una decisión inteligente, y así se lo dije. Mientras me contaba sus planes, una parte de mí se sentía un poco triste porque yo seguía solo y probablemente lo estaría durante mucho tiempo, pero tal vez necesitaba ese tiempo a solas para aclarar algunas cosas, incluso escribir algunos libros. Pero, maldita sea, había momentos en los que la soledad realmente me afectaba. Antes de salir de la biblioteca, me dijo que le había encantado conocerme por fin, nos dimos la mano y me pidió que no le contara a su madre la conversación que acabábamos de tener.

"Por supuesto", le dije, y eso fue todo. No quedaba nada más que decir, nada más que preguntar, nada más en qué pensar, y la vi mientras se alejaba de la biblioteca. En cuanto desapareció de mi vista, me levanté y me fui a otra parte de la biblioteca, un rincón tranquilo donde me senté en el suelo, con la espalda apoyada en la pared, y luego cogí un cuaderno y escribí algunas notas. Nadie me interrumpió durante la siguiente hora, lo que me permitió escribir mucho. Y aunque todavía me sentía un poco solo, también estaba agradecido por estar allí, en ese rincón, solo, escribiendo, agradecido por estar en Inglaterra, incluso en Coventry, agradecido por tener tantas cosas que no tenía cuando vivía en Portimão. El escritor estaba de viaje, llevando consigo al hombre. No había necesidad de apresurarse. El viaje cambiaría de rumbo en el momento adecuado y también terminaría en el momento adecuado. Y una vez que el viaje terminara, ya no habría escritor, ni hombre (porque el hombre y el escritor eran uno y el mismo), pero la historia quedaría atrás, los libros quedarían atrás, en parte reales, en parte ficción, y los propios lectores tendrían que convertirse en detectives y reunir las pistas para poder encontrar la verdad. O tal vez no quedaría nada. Quizás el escritor y el hombre verían realmente el fin de todo. Si eso ocurriera, el escritor podría escribir el final. Irónico, si lo piensas bien.


Después de salir de la biblioteca, compré un sándwich en Greggs y volví caminando a mi coche. Por el camino me encontré con alguien que conozco del banco de alimentos. Estaba sentado en un banco frente a la iglesia de St. John the Baptist y también estaba comiendo un sándwich de Greggs. Tenía una botella de Lucozade a su lado y una vieja edición en rústica de *El secreto de Salem's Lot*, de Stephen King.

"Una gran novela", le dije.

El hombre asintió con la cabeza.

No recordaba su nombre y no me molesté en preguntárselo. Me lo había dicho antes, quizá más de una vez, en el banco de alimentos, pero allí conozco a tanta gente que no puedo recordar los nombres de todos, y ahora me daba vergüenza preguntárselo. La razón por la que me detuve a saludarlo fue porque la última vez que lo vi estaba hablando con el Viajero del Tiempo y me preguntaba si sabía lo que le había pasado al otro hombre, dónde estaba, si todavía estaba en Coventry.

"¿De verdad crees que es un viajero del tiempo?", preguntó el hombre.

¿Qué podía decir?

El mundo se había vuelto loco.

¿Era el Viajero del Tiempo un verdadero viajero del tiempo?

Vivíamos en una época de incertidumbre, en un mundo que se estaba volviendo del revés, un mundo en el que mucha gente ya no sabía lo que estaba bien o mal, o simplemente no le importaba, un mundo sin moral, un mundo en el que la gente ladraba o gritaba a los demás, un mundo en el que se consideraba raras a las personas heterosexuales, un mundo en el que alguien que había empezado a identificarse como mujer hacía cinco minutos era ahora considerado más femenino que una mujer que había nacido mujer, un mundo en el que las guerras nunca cesaban, guerra sin fin, en el que la gente se volvía cada vez más codiciosa, un mundo en el que las máquinas robaban las elecciones, un mundo en el que se permitía a los criminales y a sus cónyuges e hijos gobernar países, iniciar guerras y robar aún más. Y nadie hacía nada al respecto porque todos estaban bajo el control de la Mano Invisible.

Mientras tanto, yo perseguía a un viajero en el tiempo, sueños, un hogar para mí y mis hijos, pero poco a poco estaba renunciando al amor.

Me encogí de hombros y dije: "¿Quién sabe? Vivimos en un mundo extraño. Después de todo lo que pasó en 2020, nada más me sorprende".

El hombre cuyo nombre no recuerdo dijo: "Es un tipo extraño. Muy limpio, si sabes a lo que me refiero. Limpio no solo en el sentido de que no consume drogas ni alcohol, sino también en cuanto a su aspecto físico y su ropa.

Lo vi durmiendo un par de veces junto al Canal Basin, donde están las tiendas".

"¿Sabes dónde está ahora?", le pregunté. "¿O dónde suele estar?".

El hombre se encogió de hombros y dijo: "La última vez que lo vi fue hace unos días en la iglesia de St. Barnabas, desayunando. Me dijo que se iría pronto y que no volvería".

"¿Tienes alguna pista de dónde es o adónde iba?", le pregunté.

"No, ni idea. Si quieres mi opinión, el tipo es un poco raro. Eso de viajar en el tiempo lo dice todo sobre él. Viajar en el tiempo, y una mierda. Un loco iluso, si quieres mi opinión", dijo el hombre.

"A mí me pareció bastante cuerdo", dije.

"Quizás tú también estés loco", dijo.

Me reí y le di las gracias por su tiempo.

"No hay problema, hermano. Nos vemos", dijo el hombre.

"Sí, nos vemos, amigo", dije.

Dicho esto, me fui y me dirigí hacia Barras Lane. El Viajero del Tiempo se había ido, al igual que Su y mi amigo Julian. Hace poco, alguien con quien me topé en el Jesus Centre de Lamb Street me dijo que Julian y Su estaban en Londres, todavía viajando por el país, buscando quién sabe qué. Los echaba de menos a los dos. Son buenas personas, o al menos lo eran conmigo, y espero que la vida les sonría. ¿Quién sabe qué los llevó realmente a ese estilo de vida, qué los empujó a las calles?

En 2021, cuando dormía a la intemperie en Coventry, Su compartió conmigo un poco de su vida y me contó que había pasado por un mal divorcio y que luego había abandonado a todo el mundo. Se cansó de que la maltrataran, de que la trataran como a una esclava, y un día decidió dejarlo todo atrás. Por supuesto, solo conozco su versión de la historia. Quizás su expareja tenga una versión diferente.

Ya escribí sobre Su en mi libro *la ilusión del movimiento*, así que no tiene sentido que escriba más sobre ella, porque la verdad es que no sé casi nada sobre ella. Y sé aún menos sobre el Viajero del Tiempo.

Y no hay nada más que escribir sobre Ellie. Todavía no.

Mientras me dirigía hacia Barras Lane, me sentía muy cansado de todo. La oscuridad descendía lentamente sobre mí y rápidamente desvié mis pensamientos hacia otra parte. Estaba esperando otro milagro, trabajando para alcanzar mis metas, mis sueños, con la esperanza de tener pronto mi propio lugar, mi pequeño rincón en algún sitio, un hogar donde mis hijos pudieran estar conmigo, y había momentos en los que parecía que no esperaba nada, que perseguía en vano, que rezaba a nadie, pero eso no era cierto. Nada de eso era cierto. Las cosas llevan tiempo y yo ya había atravesado la oscuridad, había estado dentro de ella, solo en la oscuridad, perdido en la oscuridad, derrochando mis lágrimas mientras aquellos que me habían hecho daño seguían adelante con sus vidas, y yo también necesitaba seguir adelante. De hecho, estaba intentando seguir adelante, pero había muchas puertas cerradas delante de mí, esperando a que encontrara la llave de algunas de ellas, quizá las llaves de todas, y aunque estaba cansado —y algunos días tenía ganas de rendirme—, también sabía que tenía que seguir adelante, mover mis piernas cansadas, no rendirme nunca, tener fe, pero, ay, estaba realmente cansado. Y no tenía ni idea de lo que estaba escribiendo, pero también sabía que necesitaba escribirlo todo.

Bajé al metro en Spon Street, tomé esa ruta que ahora me resultaba tan familiar, y en ese momento pensé brevemente en mi hermano Carlos y me pregunté cómo estaría.

Mi hermano también estaba pasando por un momento difícil. No solo había fallecido la abuela el año pasado (ella había sido un gran apoyo para Carlos durante casi toda su vida, alguien que siempre había estado ahí para él, y ahora tenía que acostumbrarse a vivir sin ella a su lado), sino que su suegra también estaba pasando por una crisis de salud, cuyos detalles no voy a compartir aquí; digamos simplemente que está olvidando cosas y que mi hermano y su esposa tienen que cuidar de ella, lo cual no es una tarea fácil, y me preguntaba entonces cuándo volvería a ver a mi hermano. No lo he visto en 17 años. Han pasado tantas cosas en nuestras vidas: muertes, divorcios, confinamientos, locura, y no tengo ni idea de cuándo o si volveré a verlo.

Mi vida era un poco caótica, más bien un campo de batalla, y antes de poder ir a ningún sitio quería poner en orden mi vida en Coventry, conseguir una casa para mí y mis hijos, quizá incluso cambiar de trabajo. La verdad es que pasaban días enteros en los que ni siquiera pensaba en mi vida pasada en Portugal. Tenía familia y amigos allí, pero si volvía, ninguno de ellos haría nada por mí.

Me hace gracia cuando la gente me dice: "¿Eres de Portugal? ¿Qué haces en Inglaterra? El tiempo es mucho mejor en Portugal".

Puede que el tiempo sea mejor en Portugal, pero el tiempo por sí solo no me da de comer. Y ahora, vaya donde vaya, casi todo es igual. La gente vive en una prisión sin siquiera darse cuenta. El mundo real se está desmoronando y la generación más joven vive dentro de las pantallas, luchando por el cambio climático, los cambios de sexo, el aborto, la destrucción del cuerpo y el alma sin siquiera darse cuenta. Pero la verdad es que las pantallas que miran les están lavando el cerebro, les dicen qué hacer, les dicen que creen una gran prisión a su alrededor sin que ellos lo sepan.

El mundo está enfermo.

Tomamos medicamentos para esto y aquello, pero luego nos dan veneno para comer y veneno para beber, por lo que siempre estamos enfermos. Mientras tanto, los gobernantes del mundo comen alimentos saludables y beben agua fresca. Y son ellos quienes controlan las empresas farmacéuticas. No es de extrañar que quieran mantenernos enfermos. Una generación muere y otra nace, y los que están en el poder siempre siguen en el poder, listos para mantenernos, listos para controlarnos y vernos luchar unos contra otros. Nadie habla de las personas que han sido perjudicadas por la vacuna del Enemigo Invisible ni de las que han muerto a causa de ella. Eso no es bueno para el negocio. Y nadie habla de las personas que han dejado atrás el mundo del pecado carnal, han cambiado sus hábitos sexuales y han vuelto al camino recto, todo gracias al amor del Padre y del Hijo.

Nos están empujando hacia el Fin, pero ¿por qué?

¿Se están quedando sin ideas los creadores del Juego?

Ojalá pudiera ver al Viajero del Tiempo una vez más. Nunca le pregunté cómo viaja en el tiempo, ¿tiene una máquina del tiempo o qué? Una historia loca, sí, lo sé, pero vivimos en un mundo loco.

Los que están al mando intentan borrar la verdad, incluso la historia. La blancura está siendo sustituida por todo lo demás. Un día, dentro de cien años, la gente mirará atrás a la historia de hoy y se preguntará dónde estaban todos los hombres blancos heterosexuales en los años 202-. Y si retrocedes en el tiempo, como el Viajero del Tiempo, verás que nunca ha habido un momento en la historia en el que los que censuraban el discurso fueran los buenos. Y ahora, todos los que controlan la máquina pueden censurar el discurso. Y la agenda "cómete tus insectos" está llegando lentamente, patrocinada por los mismos multimillonarios que quieren impedirte viajar. Y los pobres copos de nieve dicen: "Los insectos están ricos. ¡Qué delicia!", mientras Gates y sus amigos comen carne de búfalo, langosta y todo lo demás; toda la buena comida. Y luego censuran la libertad de expresión. Y se ríen de ti, de mí, de nosotros. Y eran amigos del monstruo Epstein.

Una persona despierta (una que ha visto a través de todas las mentiras) intentará compartir la verdad con los demás, pero los cerebros de las personas ha sido lavados por los medios de comunicación, por la máquina (¿por la Bestia? Sí...), y cuando les digas la verdad te gritarán, te perseguirán porque les han enseñado a odiar a todos los que no están de acuerdo con ellos, y, en sus mentes, piensan que tienen razón solo porque sus cerebros han sido lavados por los medios de comunicación controlados por la Mano Invisible. Tarde o temprano, la Mano Invisible, la OMS y el FEM vendrán a por nuestra salud y nuestra riqueza, y controlarán lo que comemos, lo que bebemos, lo que compramos e incluso los medicamentos que tomamos.

¿Y por qué se persigue a los agricultores?

Abre los ojos, pequeño. Abre los ojos antes de que sea demasiado tarde.

÷

Hace unos días ocurrió algo y tengo que escribir sobre ello. Quizás no fue nada, *pero fue algo y lo sé.*

Acababa de terminar de trabajar y era una mañana muy brumosa, tan brumosa que apenas podía ver nada en el horizonte lejano. Conduje despacio de camino a casa, con el *Starclad Messiah* de Zendad sonando en mi reproductor de CD. Una vez en casa, en lugar de irme directamente a la cama, decidí salir a correr al Memorial Park. Hacía dos días que no salía a correr y no me gusta dejar pasar mucho tiempo entre un entrenamiento y otro. Me cambié rápidamente, me lavé los dientes, me lavé la cara, me subí al coche, con la niebla todavía rodeando la ciudad, y conduje hasta Earlsdon. Sonaba *Christ Machine*, de Zendad, del álbum *Starclad Messiah*, y aunque había tanta niebla que una persona (y un conductor) apenas podía ver nada delante, un joven asiático al volante de un Mazda me adelantó a una velocidad aterradora, con las luces apagadas, sin mostrar ninguna preocupación por la seguridad de nadie, ni siquiera la suya. No tenía nada que demostrar, nada en absoluto, salvo su estupidez.

«Qué tonto», pensé.

Me pregunté por qué la gente se comportaba de forma tan imprudente, ¿qué les hacía ser tan fríos e indiferentes?

Aparqué el coche en Providence Street, cogí mi móvil, me puse los auriculares y me dirigí hacia el Memorial Park. Estaba escuchando el álbum *Novus Magnificat* de Constance Demby, de 1986. Necesitaba ese tipo de música mientras salía a correr para sentirme como si estuviera un poco fuera de mí, corriendo hacia otro mundo, buscando algo que aún no se veía.

Empecé despacio, caminando en lugar de corriendo, y caminé a un ritmo constante hacia el final de Osborne Road, luego giré a la derecha por Styvechale Avenue y empecé a ir un poco más rápido.

Giré a la izquierda, por Beechwood Avenue, y vi a otra corredora pasar junto a mí; una mujer pequeña, rubia, de unos cincuenta años y en buena forma; me adelantó con tanta facilidad que, en ese momento, mientras la veía alejarse, me sentí un poco viejo, o tal vez solo estaba cansado, pero luego sonreí e intenté en vano seguirle el ritmo.

A esa hora apenas había tráfico en las carreteras, ni siquiera en Kenilworth Road, pero eso pronto cambiaría, con niebla o sin ella.

Crucé la calle. Para entonces ya estaba corriendo a un ritmo más rápido, pero aún lento. No había necesidad de intentar ir más rápido. Tenía que recorrer todo el parque, dos veces si mi cuerpo me lo permitía. Segundos después, estaba en el parque, corriendo a un ritmo lento, con algunos corredores detrás de mí y otros delante, el sonido de Constance Demby y la inmensa niebla a mi alrededor me hacían sentir como si estuviera en un lugar surrealista. Vi a un par de mujeres que conozco vagamente paseando a sus perros. Nos saludamos mientras pasaba corriendo junto a ellas. Mi cuerpo se sentía bien, no demasiado cansado, lo que me indicaba que probablemente daría más de una vuelta al parque. Después de unos minutos, me detuve brevemente para tomar algunas fotos de la niebla e incluso grabé un breve vídeo. Vi a otro corredor que venía en dirección contraria, un corredor al que veo casi cada vez que vengo al Memorial Park. Y él también conoce a Ellie. Se acercó a donde yo estaba para saludarme y luego me contó una historia extraña que casi olvidé, pero sabía que tenía que escribirla.

Él también estaba admirando la niebla y dijo: "Hoy hay mucha niebla, ¿verdad?".

Una pareja que paseaba a su perro pasó junto a nosotros y se adentró en el parque.

Antes de que pudiera decir nada sobre la niebla, el otro corredor dijo: "Estuve aquí hace unos meses, cuando había más niebla que hoy, y también me detuve a hacer algunas fotos, como tú estás haciendo hoy. Y mientras hacía las fotos, vi a tres personas allí, en el horizonte lejano, casi tragadas por la niebla. Apunté con mi cámara hacia ellos, pero cuando los miré a través del objetivo no pude ver a nadie. Qué extraño, pensé. Volví a mirar hacia arriba y los vi, a los tres con sus abrigos largos, así que volví a apuntar con mi cámara y no pude verlos a través del objetivo. Desaparecieron brevemente cuando apunté con la cámara hacia ellos, pero cuando miré hacia arriba, no a través de la cámara, sino normalmente, como te estoy mirando ahora, estaban allí. Así que lo intenté de nuevo; a la tercera va la vencida, esperaba, pero volvieron a desaparecer. Y esta vez, cuando miré hacia arriba, no pude verlos por ninguna parte. Incluso me acerqué a la niebla, al lugar donde había visto a los tres desconocidos, pero no los vi. Fue realmente extraño".

No sabía qué decir. En cuanto al corredor, se limitó a encogerse de hombros y dijo: "Bueno, supongo que estas cosas pasan. Nos vemos y disfruta de tu carrera".

"Tú también", le respondí, todavía tratando de asimilar lo que me había contado.

Una vez que se fue, me quedé donde estaba un rato más mirando la niebla, preguntándome qué había visto ese hombre hacía unos meses. Qué historia tan extraña. ¿Y qué demonios había visto en esa niebla? ¿Vampiros? ¿Extraterrestres? ¿Naga Lokas?

Reanudé mi carrera. Al final solo di una vuelta al parque e hice 40 abdominales en uno de los bancos. De vuelta al coche, no podía dejar de pensar en lo que me había dicho el otro corredor. Me puse al volante, encendí el motor, sonó *Into the Light* de Zendad y conduje hasta casa, con la mente aún puesta en lo que me había dicho el otro corredor.

¿Qué demonios había visto aquella mañana brumosa?

Supongo que ni él ni yo lo sabríamos nunca.

## 13 de abril de 2023

8:05. He venido al City Arms para escribir, pero poco a poco paso menos tiempo en Earlsdon. Mi amigo Jason está aquí, también escribiendo. Nos sentamos justo al fondo, en las mesas 2 y 3. Ambos pedimos café y desayuno. Descafeinado para mí, sin azúcar, amargo.

En mi portátil suena *Everybody's Got to Learn Sometime*, de The Korgis. Bostezo y luego doy un sorbo a mi café descafeinado. Sin azúcar. Amargo.

Tengo que dejar de pensar en el pasado.

Tengo que dejarlo atrás.

El Bebedor de Pepsi también está aquí, sentado a unas mesas de distancia. Ya tiene dos Pepsi delante de él. Lo vi cuando fui a la máquina de café a por mi bebida y se lo comenté a Jason.

Jason dijo: "Lo vi aquí ayer, con dos Pepsi delante de él. Lo tengo en el punto de mira desde hace bastante tiempo. En realidad, es inofensivo".

El Bebedor de Pepsi se bebe las dos Pepsi en menos de cinco minutos y luego va al baño. Unos veinticinco minutos más tarde, el Bebedor de Pepsi se dirige a la barra y pide dos Pepsi más. Escribo sobre el Bebedor de Pepsi, un poco sobre mi vida, pero no pasa nada y debo centrar mi atención en las novelas que estoy dejando atrás; novelas reales con tramas reales y no este libro sin trama que estoy escribiendo.

Para olvidar el pasado y seguir adelante, tengo que dejar de escribir estos libros, los libros de M÷. Yu se ha ido (y no quiero que vuelva), Ellie nunca estuvo ahí, o se marchó rápidamente, y yo también debo seguir adelante, pero para hacerlo debo dejar de escribir sobre ellas.

Quizás vuelva a esta historia el año que viene, o quizás dentro de unos meses, si el mundo sigue intacto. Si no es así, no importa.

He estado dejando atrás el dolor (pero algunos días es difícil y sigo sintiendo demasiado, sigo amando, pero debo dejarlo atrás), leyendo un libro tras otro (Joël Dicker, Richard Millward, Ma Jian, Bret Easton Ellis), distrayéndome con las palabras que escribieron otros escritores, distrayéndome y siguiendo adelante, y puedo decir honestamente que ya no me importan aquellos que me han hecho daño y no querría que volvieran a mi vida, a menos que cambien un poco. Pero el problema es que algunas personas no están dispuestas a cambiar. Son demasiado tercas para cambiar.

Hacen lo mismo todos los días, todas las semanas, todos los años, sin ver ningún resultado en sus vidas, sin ver ningún cambio (en sus vidas), y luego se preguntan por qué nada cambia en sus vidas. Nada cambia porque hacen lo mismo día tras día. A menos que cambies un poco, ¿cómo esperas que cambien las cosas?

He esperado cambios, he esperado el amor, solo para llegar a la conclusión de que estaba perdiendo el tiempo, así que cambié mi forma de actuar. Pero sigo sufriendo.

De vez en cuando sigo sufriendo, pero estoy aprendiendo a sanar, y si quiero sanar debo dejar atrás a aquellos que me hicieron daño. Aunque al principio duela, debo dejarlos atrás para siempre. Y a algunos los echaré de menos, durante un tiempo. Durante un tiempo los echaré de menos.

Los echaré de menos, pero algún día los olvidaré, y más tarde les tocará a ellos echarme de menos.

Cuando estuve ahí para ellos, no me querían en sus vidas.

Cuando estuve ahí con ellos, me rechazaron, así que ahora debo marcharme.

Tengo que salir de sus vidas y no puedo mirar atrás.

Quizás me alcancen cuando me esté marchando.

## ~escritores artificiales~

Un día de encuentros casuales, de reflexionar y buscar, de esto y aquello. Un día de dudas, sí, claro, por supuesto, sin mencionar un día de espera, claro, seguro, espera (pero estoy tan cansado de esperar). Si me hubiera quedado en casa mirando las paredes, no habría pasado nada y probablemente mi energía habría disminuido. De vez en cuando es bueno salir y conectar con la naturaleza, estar cerca del río, cerca de los árboles, lejos del estrés, lejos de la oscuridad.

La oscuridad viene a visitarte en espacios cerrados, cuando estás más vulnerable, más débil.

De vez en cuando sigo llorando, sigo añorando a alguien, algo, lo que perdí pero que nunca existió, el sueño, esa ilusión llamada amor, y sé que debo seguir adelante, olvidar a algunas personas, olvidarlas y perdonarlas porque no pudieron amarme como yo las amaba, pero mi amor también era una especie de enfermedad, de necesidad, ya que tenía miedo de perder algo que ni siquiera existía (el sueño, esa ilusión llamada amor), o tal vez me esforcé demasiado pronto, di demasiado muy rápido, dije las palabras correctas en el momento equivocado, o tal vez simplemente dije las palabras correctas a la persona equivocada. Da igual. En realidad no importa. El corazón ya se ha roto y ahora me estoy curando, así que lo que haya pasado realmente no importa, aunque importe.

La contradicción del corazón.

La contradicción del Ego.

Mata al Ego, cura el corazón.

En lugar de quedarme en casa compadeciéndome de mí mismo y echando de menos a esta persona o aquella, o a quien fuera, decidí salir a dar un largo paseo, despejar la mente y practicar la gratitud. Con eso en mente, antes de salir de casa recé una oración en la que agradecí al Creador por todas las cosas buenas de mi vida, y también le di las gracias por estar conmigo en todos los momentos difíciles y por no olvidarme incluso cuando me perdí en el pecado. Y entonces llegó el momento de salir.

Salí, entré en Matrix, vi a una vecina paseando a su perro, le di los buenos días y me dirigí hacia mi coche.

Pasó el autobús 6A; la mayoría de sus pasajeros estaban pegados a sus pantallas, perdidos en Matrix, esclavos de la Nube y la Máquina, alejados del Creador. Estábamos en guerra. La batalla era real. Éramos nosotros contra la Máquina. Los humanos contra la oscuridad. La realidad contra Matrix.

Los multimillonarios volaban por el mundo en sus jets privados, quizá rumbo a otra isla de Epstein, Ghislaine estaba en prisión, viva solo porque había decidido mantener la boca cerrada, el FBI y la CIA no perseguían a nadie relacionado con el caso Epstein, los monstruos estaban en el poder y se reían de la ingenuidad de la gente, la estrella de cine estaba casi muerta, al igual que la mayor parte del periodismo real. Vivíamos en la era de la nada, aplaudiendo la nada, la locura y la estupidez que nos rodeaba. La trama de esta película llamada Vida se estaba volviendo aterradora y yo estaba escribiendo su secuela. Si se filmara, Keanu Reeves podría interpretar a mi personaje y Matthew Perry sería uno de los villanos que intentan matar a M÷/Keanu.

Una nueva Babilonia resurgía lentamente de las cenizas de su pasado, enseñando a su pueblo a odiar a Dios y a la creación, diciendo a sus habitantes que persiguieran a aquellos que no obedecían las reglas de la nueva Babilonia. Se acercaban rápidamente días aterradores, ya que la moralidad empezaba a ser considerada un delito. Poco a poco, con un cambio aquí y otro allá, los monstruos en el poder iban a por los niños, incluso a por los no nacidos. No me sorprendería que algún día normalizaran las monstruosidades contra los niños y las etiquetaran como algo común, no como un delito, nada de lo que avergonzarse.

El Fin no se acercaba. Ya estaba aquí, preparándose para su acto definitivo.

No podía luchar contra el mundo.

Nunca podría derrotar a la Mano Invisible y sus marionetas. Pero, ¿quién sabe?

Me subí al coche, puse un CD y conduje hasta Barras Lane, con *City Weapons*, de *Inepsy*, sonando a todo volumen en la radio. Escuché la música y me olvidé de todo y de todos. No había nadie esperándome, nadie buscándome. Era un hombre invisible, invisible para todos, incluso para aquellos a quienes amaba. Era el héroe de mi novela de ciencia ficción, el último hombre en la Tierra, Trinity buscando a Neo, Paul Bentley (de *Mockingbird*, de Tevis) escapando de la cárcel y emprendiendo un viaje de descubrimiento, Bret en *The Shards*.

Me quedé atrapado en el tráfico durante un rato. Había obras por todas partes. Coventry cambiaba constantemente, aunque algunos dirían que no para mejor. Nuestros impuestos pagaban esos cambios y el precio de todo subía. No hacía mucho, todavía podía ir al supermercado con dos libras y comprar una barra de pan y una docena de huevos. Esos días habían quedado atrás. Habíamos pasado por años de confinamiento, años del Enemigo Invisible, y ahora estábamos pagando por ello. La Mano Invisible necesitaba más dinero. Y querían vacunarnos a todos, matar a algunos de nosotros, sustituirnos por máquinas. Maldita sea, me había perdido en la trama de mi propia novela, cayendo por la madriguera del conejo, por tu culo. Sonó *Corridor*, de Midori Hirano. Estaba en el polígono industrial Arches esperando a que el tráfico se moviera. El sonido de Midori Hirano me tranquilizó. Quería ir a la cuenca del canal, sentarme y escribir, quizá dar un largo paseo por el canal, ver si encontraba alguna pista sobre el paradero del Viajero del Tiempo. Cuando llegué a Barras Lane, la canción de Midori había terminado y acababa de empezar *Evolution*, de Jameson Nathan Jones. Aparqué el coche, cogí mi móvil y un cuaderno Muji, y me dirigí hacia Canal Basin. Pensar en el Viajero del Tiempo me recordó el tiempo. El tiempo pasaba volando, pasaba volando para todos, pero algunas personas no se daban cuenta.

Habían pasado más de dos meses desde la última vez que vi a Ellie. Por lo que parecía, nuestra historia había llegado a su fin. Fue una historia corta. O tal vez no. La conocí unos meses después de empezar a escribir mi novela *la ilusión del movimiento*. Se convirtió en parte de la trama. Se convirtió en Amor, Esperanza, una oportunidad para empezar de nuevo, pero después llegó la secuela *abandona tus sueños de oscuridad*, y para entonces se estaba convirtiendo en Decepción, Indiferencia y, lo peor de todo, Desamor. La verdad era que no podía seguir el ritmo de una relación. No podía amar. A mí no. No podía amarme. Quizás todavía estaba enamorada del "pasado". Pero su "pasado" había seguido adelante; estaba amando a otra persona.

Me puse los auriculares, sonaba *Faster than Light* de Duran Duran en mi móvil, bajé al metro, giré a la izquierda, pasé por el mismo lugar donde solo unos días antes (¿o eran semanas?) había visto a una mujer haciendo sus necesidades en la calle a plena luz del día, me dirigí hacia Belgrade Plaza, pasé por Lamb Street, ahora sonaba *Icehouse*, de Flowers, una canción del primer y único álbum de Flowers. Flowers pasaría luego a llamarse Icehouse.

Pasé por delante del Jesus Centre, pensé brevemente en entrar a ver si algunos de mis amigos estaban allí, y si hubiera entrado probablemente me habría encontrado con Yakov y Piotr, quizás con Basile y Habib, y entonces me habrían invitado a jugar al billar, a comer un sándwich, a tomar una taza de té, a quedarme a charlar, y aunque me encanta el Jesus Centre y me siento como en casa allí, no quería estar en un lugar cerrado, así que seguí caminando. Apagué la música, guardé los auriculares en uno de los bolsillos de mi abrigo y respiré hondo. Estaba buscando algo, un lugar al que pertenecer, alguien que nunca se fuera. Solo había dado unos pasos cuando un tipo se me acercó al final de Lamb Street, justo a la salida del pub The Stag, y me pidió algo de cambio. Lo reconocí enseguida, pero él no recordaba mi cara. De vez en cuando lo veía en el banco de alimentos donde ayudo. Y cada vez que lo veía, siempre estaba drogado. *Qué desperdicio de vida*, pensé.

"No tengo cambio. Lo siento", le dije, pero el otro hombre no aceptó mi explicación y empezó a insultarme, llamándome mentiroso, etc. Justo cuando pensaba que la situación se iba a poner fea, otro hombre se acercó a donde estábamos. También conocía a ese hombre del banco de alimentos. Era de Nigeria, pero llevaba más de diez años viviendo en Coventry. No sé cómo ni por qué acabó en esta ciudad, pero, como he dicho, también lo conocía del banco de alimentos y más de una vez hablamos sobre la Biblia, Dios, la Mano Invisible, etc., y a él también le gustaba fumar lo prohibido, probar el dulce veneno del diablo, pero aunque estaba un poco perdido (¿pero no estamos todos un poco perdidos?), aún tenía algo de sentido común y rápidamente le dijo al otro tipo que se calmara y me dejara en paz.

"Es el escritor del banco de alimentos. De debajo del puente, junto a Pool Meadow. Uno de los que nos da comida los domingos", dijo el nigeriano.

El otro hombre miró al nigeriano, luego a mí, y parecía que le costaba reconocer a cualquiera de nosotros. O cualquier otra cosa, para el caso. Estaba tan perdido, tan fuera de sí, descendiendo lentamente hacia la oscuridad, que no podía ver lo que tenía delante. La esclerótica de sus ojos era de un color marrón y rojo y realmente parecía totalmente perdido. Murmuró algo que no pude entender y luego los dos se marcharon sin decir nada más. Quizás iban al Jesus Centre a buscar algo de comer. Giré a la izquierda, subí por Bishop Street, crucé el puente y me encontré en Canal Basin de Coventry, sin saber muy bien qué hacía allí. Algo dentro de mí me dijo que fuera al canal, mirara a mi alrededor, simplemente mirara y esperara, pero ¿por qué?

Vi unos cuantos barcos en el canal, vi a una pareja dentro de uno de ellos, el hombre preparando café, de pie en una pequeña cocina, mientras la mujer estaba sentada, revisando algo en su ordenador portátil. Parecían tan felices, tan libres. Entonces me pregunté cómo sería vivir en un barco en el canal. Mi amiga Cassandra vivió en uno durante un par de años y me dijo que no era fácil, pero que también tenías más libertad.

Había mucha gente en la zona, tomando fotos del canal, de los barcos, algunos estaban sentados en la cafetería, sentados en un banco, paseando, fumando, pensando, con algunas personas entrando en la tienda y cafetería portuguesa Gorety, entrando en la tienda de comida letona Rudens, y yo me preguntaba qué hacer, adónde ir (había ido allí por una razón, o eso creía, pero la verdad es que, cuando estaba en casa, sentí que algo me empujaba hacia el canal, una voz dentro de mí que me decía que fuera allí, y obedecí esa voz, ese impulso), y justo cuando me preguntaba qué hacer, adónde ir, vi a mi amigo Peer en el horizonte lejano, avanzando lentamente hacia mí, todavía con la misma ropa que llevaba la última vez que lo vi, con una sonrisa en el rostro, sin llevar nada consigo. No tiene ninguna posesión. Duerme aquí y allá, come aquí y allá. Cuando necesita conectarse a Internet, utiliza un ordenador en uno de los templos en los que duerme. Ni siquiera tiene carné de la biblioteca, pero va de vez en cuando, sobre todo para descansar. Hacía mucho tiempo que no lo veía. La última vez que lo vi fue cuando me habló de los Naga Lokas. O quizá no. Quizá me equivoco. Sí, ahora que lo pienso, lo vi un par de veces después de eso, en el banco de alimentos de la estación de autobuses de Pool Meadow, pero en ambas ocasiones estaba tan ocupado que apenas le dirigí la palabra.

Peer me saludó en voz alta, con una sonrisa, seguido de un fuerte abrazo (somos hermanos espirituales, de familias diferentes pero del mismo Padre Celestial), y dijo: "¡Hare Krishna!".

Me alegró volver a verlo y tener la oportunidad de intercambiar unas palabras con él. Como se sentía un poco cansado (había caminado desde Foleshill Road hasta el centro de la ciudad por la ruta del canal), nos sentamos en uno de los bancos. Me contó que había pasado la noche en uno de los templos de Foleshill Road y que se dirigía al Methodist Central Hall, en Warwick Lane, para ver a algunas personas, enseñarles su fe, meditar durante un par de horas, quizá comer algo mientras estaba en la iglesia y, después, buscar un lugar donde pasar la noche. Peer es una persona sin hogar. Y no lo es. No tiene ingresos y tampoco los quiere, pero ya he escrito sobre eso, así que no lo volveré a mencionar. Me preguntó qué me había llevado al canal, por qué estaba allí, y lo pensé durante unos segundos antes de responder; y, para ser sincero, ni siquiera sé por qué había ido al canal esa mañana. Como he dicho, una fuerza, o un pensamiento, me empujó allí. Una locura, la verdad, cuando lo pienso. O quizá no. Al fin y al cabo, ya había oído esa voz antes, la voz dentro de mí, y cada vez que la seguía y hacía lo que me ordenaba, siempre encontraba algo: una pista sobre algún misterio, incluso sobre la vida.

Una pareja con mal aspecto bajó por una escalera que conducía al canal. Había un aparcamiento detrás del canal, muchos edificios, algunas iglesias cerca y mucho más. La pareja compartía un porro, tosiendo y escupiendo, maldiciendo a alguien, tal vez maldiciéndose el uno al otro o las malas decisiones que habían tomado hasta entonces. Estaban tan perdidos en su propia oscuridad que ni siquiera podían ver la belleza que les rodeaba. La mujer le pasó el porro al hombre y luego se arrodilló y la vi recoger unas cuantas colillas del suelo y guardarlas en uno de los bolsillos de sus vaqueros sucios. La mujer era casi todo huesos y tenía grandes costras en las manos. El hombre también era casi todo huesos y me fijé en que llevaba una especie de cuerda alrededor de la cintura para sujetarse los pantalones en lugar de un cinturón. Había tanta gente en Coventry perdida en la oscuridad, perdida en las drogas, perdida en las cosas vanas del mundo, y yo conocía a algunos de ellos, tomaba café y té con algunos de ellos, e incluso les daba de comer en el banco de alimentos. Todos éramos iguales, todos hijos de Dios, algunos de nosotros un poco perdidos; incluso yo estaba un poco perdido, aunque me mantenía alejado de ciertos venenos.

Peer y yo los observamos en silencio mientras se dirigían hacia el centro de la ciudad. Una vez que desaparecieron de nuestra vista, ni siquiera nos molestamos en mencionarlos. ¿Qué había que decir? Al ayudar en un banco de alimentos, hacía mi parte por la comunidad, por la ciudad, por los necesitados y, a veces, cuando me lo pedían, incluso daba algunos consejos a los necesitados, les decía dónde ir para conseguir más comida, les hablaba del Creador, del Hijo, de las decisiones que tenemos que tomar para que nuestras vidas mejoren, de las cosas (drogas, alcohol, etc.) que tenemos que rechazar para poder ver la Luz, pero solo podía hacer hasta cierto punto por algunas personas y muchas de ellas ni siquiera escuchaban. Sin embargo, no me rendía con ellos, al igual que el Señor no se había rendido conmigo.

Le hablé a Peer del Viajero del Tiempo, sin esperar que supiera de quién estaba hablando, pero Peer se parece mucho a mí: es detective, busca el sentido de la vida, pistas sobre el paradero del Creador y el Hijo, el Otro Mundo, otras dimensiones, y, para mi sorpresa, Peer dijo: "Lo conocí una vez, pero Harry pasó un par de noches con él junto al canal, con sus tiendas de campaña una al lado de la otra, y fue entonces cuando conocí al Viajero del Tiempo".

Solo podía imaginar lo que la gente pensaría de mí y de Peer si nos oyeran hablar.

Dos guapísimas mujeres asiáticas se estaban haciendo fotos la una a la otra junto al canal, muy cerca de donde estábamos Peer y yo.

Nuestro amigo Harry viaja mucho por el país y muchas veces duerme en su tienda de campaña, en algún lugar del bosque. Le dije más de una vez que escribiera sobre su vida, sus viajes, e incluso le dije que le pondría en contacto con mi editor una vez que escribiera algo.

Las dos mujeres siguieron su camino. Eran jóvenes, delgadas, muy guapas y vestían con estilo; las dos llevaban abrigos largos, zapatillas blancas y bufandas (aunque no hacía mucho frío, solo viento), una de ellas llevaba pantalones negros de Adidas y la otra pantalones holgados de color crema.

"¿Dónde conociste al Viajero del Tiempo? ¿Y de qué hablasteis?", pregunté.

Dos parejas de ancianos pasaron junto a nosotros. Por un momento me pregunté si alguna vez encontraría a una mujer con la que envejecer. Ya no estaba enamorado. La relación con Ellie y la constante persecución me habían agotado. Ni siquiera me veía saliendo con nadie durante mucho tiempo. El amor era una tragedia a punto de ocurrir, un corazón roto a punto de convertirse en un poema. Ellie era feliz sola, feliz (¿más feliz?) sin mí a su lado, y yo solo quería seguir adelante. No importaba lo que hiciera, lo mucho que la persiguiera (pero la persecución había terminado), nunca era lo suficientemente bueno para ella, y cuando lo piensas, la verdad es que nunca eres lo suficientemente bueno para la persona equivocada. No estaba renunciando al sueño. Solo me estaba tomando un descanso y persiguiendo otros sueños. Pero ya no perseguiría a Ellie. De hecho, ya no perseguiría a nadie. Si alguien me quiere en su vida, me quedaré, pero si empieza a jugar al juego de la persecución, simplemente me iré. A veces, cuando estás enamorado, especialmente cuando estás enamorado de la persona equivocada, pasas mucho tiempo tanteando en la oscuridad, buscando una forma de llegar al corazón, un poco de luz, amor, amabilidad y, a veces, especialmente cuando amas a la persona equivocada, cuanto más cerca pareces estar de la luz (y del amor), más lejos te encuentras de ella. A veces incluso parece que la otra persona (la que estás persiguiendo) está jugando contigo, como si quisiera que la persiguieras, para ver hasta dónde (y hasta qué punto) llegarás, y después de un tiempo se cansa de ti, rompe contigo y puede que te suelte la frase "seamos solo amigos", que es lo mismo que decir: "No creo que seas lo suficientemente bueno para mí. Puedo conseguir algo mejor que tú" o "Me aburres, joder", pero aun así quieren que los persigas; no sé por qué; tal vez estén enfermos y ni siquiera lo sepan, y agradecen que los persigas e incluso te tientan con una zanahoria delante, así que no seas un burro. No los persigas.

¡Vete!

¡Déjalos en paz!

Si tiene que ser, será, pero es como dije, nunca eres lo suficientemente bueno para la persona equivocada. Y es mejor romper al principio de la relación que más adelante.

Estaba tan enamorado que incluso miré anillos de compromiso. ¡Qué idiota! Pero, ¿era realmente un idiota por sentir? ¿Por estar enamorado? ¿Por preocuparme?

Respiré hondo. No quedaba nada en el pasado que pudiera mirar. Todo era solo una lección. Mientras tanto, Peer me hablaba del Viajero del Tiempo. Y el escritor estaba escribiendo otro libro. O el mismo libro de siempre: una larga historia de locura. Una historia de ruptura extra dimensional, como nunca antes habías visto o leído.

"Conocí al Viajero del Tiempo aquí, junto al canal, cuando acampaba junto a Harry. Estaban comiendo tostadas con frijoles cuando fui al canal a ver a Harry, y bebiendo té de hierbas.

«El otro hombre era reservado pero amable, y cuando Harry me lo presentó, me hizo sentir bienvenido de inmediato e incluso me preparó algo de comida", dijo Peer.

"¿Por casualidad sabes cómo se llama?", le pregunté. ¿Y por qué no me molesté en preguntarle su nombre cuando lo conocí?

Peer se rio y dijo: "Por casualidad, sí, lo sé. Se presentó como Chance".

No creía que ese fuera el verdadero nombre del Viajero del Tiempo. Se lo dije a Peer, pero él se limitó a encogerse de hombros. Por cierto, el verdadero nombre de Peer tampoco es Peer.

"Quizás sea así, pero ¿qué es más real? ¿El nombre que te dio alguien o el nombre que tú mismo elegiste?", dijo Peer.

Tenía razón.

Las dos jóvenes asiáticas volvieron a pasar junto a nosotros, ambas pegadas a sus teléfonos móviles. Un hombre salió de su barco y se sentó en el suelo, fumando un cigarrillo liado. Tenía una barba larga, perfectamente recortada a los lados, y el pelo corto. No era viejo, pero tampoco joven. Si tuviera que adivinar, diría que tenía entre 50 y 60 años. Se sentó allí fumando, y entonces sonó su teléfono móvil y contestó la llamada allí mismo. Iba bien vestido. Sus pantalones caqui parecían nuevos, al igual que sus botas, y llevaba un polo blanco. Y el reloj que llevaba parecía bastante caro. Me pregunté a qué se dedicaba y qué le había llevado al canal. ¿Vivía en su barco todo el año o solo temporalmente?

"¿Qué más puedes decirme sobre el Viajero del Tiempo?", le pregunté.

Antes de continuar, debo decir que no creo que Chance, o comoquiera que se llamara realmente, fuera en realidad un viajero del tiempo, pero los últimos años habían sido tan extraños, con el confinamiento, las guerras, los avistamientos de ovnis y muchas otras cosas, que incluso un viajero del tiempo podría ser posible. Y estaban pasando tantas cosas en el mundo, prisiones construidas a nuestro alrededor en forma de ciudades de 15 minutos, la inteligencia artificial apoderándose lentamente del mundo, vacunas casi impuestas a la población, un títere desempeñando el papel de presidente en Estados Unidos, su hijo criminal campando a sus anchas y fingiendo ser un artista serio, multimillonarios intentando alimentarnos con insectos en lugar de carne (y algunos tontos aplaudiendo esos cambios); con todo lo que había sucedido, estaba sucediendo y sucedería más adelante, un viajero en el tiempo era en realidad una noticia sin importancia.

"Esa noche no hablé mucho con él. Simplemente comimos tostadas con alubias, seguidas de melocotones en lata, y mientras Harry y yo hablábamos de nuestra fe y nuestras creencias, Chance no dijo mucho.

«Unos días más tarde, antes de que Harry se marchara de Coventry para emprender uno de sus viajes por el país, volví al canal para verlo y llevarle algo de comida, y cuando le pregunté por Chance, Harry me dijo que se había marchado un par de días antes.

«Harry hirvió un poco agua y fue entonces cuando me dijo que Chance era supuestamente un viajero en el tiempo. Y sabía sobre los Naga Lokas, el auge de la inteligencia artificial, y por lo que Harry me contó, que a su vez le había dicho Chance, llegará un momento en que las personas se conectarán a la máquina; no todos lo harán, pero muchos sí, y que, durante ese tiempo, mientras algunas personas estén conectadas a la máquina, los Nagas permanecerán en su dimensión, sin atreverse ni una sola vez a venir a visitarnos, pero incluso la era de la máquina llegará a su fin y, más tarde, mucho más tarde, al menos según lo que dijo Chance, los Nagas finalmente resurgirán", dijo Peer. Luego me preguntó la hora. Llevábamos bastante tiempo allí y probablemente tenía prisa por llegar al Methodist Central Hall. Estaba tan absorto en nuestra conversación que ni siquiera me di cuenta de que acababan de llegar dos barcos por el canal.

"¿Qué más dijo sobre los Nagas, las máquinas y el futuro?", pregunté.

"Harry no lo recordaba todo, pero Chance le dijo que aún quedarían algunos humanos, aunque no para siempre. No sé qué pasó después, de qué hablaron, y, como ya he dicho, Harry no lo recordaba todo", dijo Peer, y se levantó del banco, señal de que era hora de marcharse. Le di las gracias por la charla y nos dimos un abrazo. Siempre era un placer verle. Era un buen tipo, un hombre que había sido ligeramente dañado por la vida, tal vez por las acciones de otra persona, y ese dolor desencadenó algo en su interior que le llevó a la nada. O tal vez era él el inteligente y sabía que todos estábamos trabajando por las cosas vanas del mundo. Yo también quería dejar el mundo, mi mundo, el mundo en el que vivía, e irme a otro lugar, a un monasterio, vivir allí con otras personas, cultivar nuestros propios alimentos, escribir mis libros, vivir más cerca del Hijo y del Padre; permanecer en el mundo pero, al mismo tiempo, permanecer desconectado de él la mayor parte del tiempo.

Observé a Peer mientras se alejaba, lo observé hasta que desapareció de mi vista, lo observé hasta que ya no había nada que ver, y aun así seguí allí, junto al canal, mirando al cielo, a los grafitis de algunas paredes, a las palomas picoteando las rocas, a lo que había más allá de las paredes, más allá del cielo, más allá... Quería ver más allá de lo que cualquiera a mi alrededor podía ver, ver otra dimensión, ver lo invisible que era más real que lo visible, ver lo imposible.

Si alguien pudiera verme entonces, o incluso oír lo que estaba pensando (y estaba pensando en cosas muy raras), sin duda pensaría que estaba loco, completamente loco, o que iba camino de la locura, y que mi lugar estaba en un manicomio. «O eso, o enviarlo a la Isla de Wight y conseguirle un apartamento al lado de David Icke», dirían si tuvieran alguna pista de lo que estaba pensando. Pero realmente no me importaba lo que los demás pensaran de mí. Ya había dejado de importarme. Algunas personas vivían como sonámbulos, con el cerebro constantemente lavado por las pantallas que tenían delante y por las mentiras que leían, pero yo había elegido otro camino. Estaba atravesando la puerta estrecha, buscando la Verdad y sin creerme la Mentira que nos daban libremente, a veces incluso metiéndonosla por los ojos. En cierto modo, Peer también había dejado de creer en la mentira, pero creo que había ido demasiado lejos y estaba un poco "ido". Muy "ido", perdido en una locura descabellada. Sin embargo, a pesar de estar un poco "ido", aún podía ver mucho más que mucha gente a nuestro alrededor. Algo en su pasado rompió algo dentro de él y había dejado atrás una parte del mundo, se había desconectado de él, tal vez para siempre. A menos que ocurriera algo drástico, nunca volvería a lo que muchos de nosotros llamamos normalidad. Estaba fuera de sí, a veces viajando sin ir a ninguna parte, meditando durante horas, durmiendo en cualquier lugar, a veces sin dormir en ningún sitio. Era rey y tonto, maestro y alumno, todo y nada.

En 2020, cuando mi matrimonio finalmente estaba llegando a su fin, yo también sentí ganas de dejar atrás el mundo e irme a vivir a la calle, lejos de todos, desaparecer durante mucho tiempo y no decirle a nadie adónde iba ni siquiera si estaba vivo. Incluso antes de salir de la casa que compartía con mi exmujer y mis hijos, pensé durante mucho tiempo en dejar atrás el mundo, sin despedirme de nadie, ni siquiera de mis hijos, y simplemente marcharme. Eso es lo que hizo mi amiga Su, la poeta apocalíptica de *la ilusión del movimiento*. Metió algunas pertenencias en una mochila, lo dejó todo atrás, incluida su familia, y simplemente se marchó. Quizás por eso había "atraído" a personas como Peer y Su a mi vida; en cierto modo, se parecían mucho a mí: la vida les había hecho daño y decidieron decir adiós a todo y a todos. Este mundo cruel puede ser un lugar cruel para soñadores como Su, Peer y yo. Teníamos (¿todavía tenemos?) sueños y mucho amor que compartir con los demás, pero el mundo aplastó nuestros sueños y convirtió nuestro amor en amargura y prudencia. Al principio de nuestra relación, cuando ella parecía estar llena de amor (pero todo era una ilusión, una desilusión en realidad), Ellie me dio esperanza, pero me llevó mucho tiempo darme cuenta de que estaba persiguiendo la decepción, no el amor. Pero Ellie también había sido herida por la vida y tal vez el amor que una vez tuvo para compartir con los demás también se había convertido en amargura.

Una persona puede amar a una docena de personas y tener el corazón roto una docena de veces, y cada desengaño amoroso contará una historia diferente. Y después de un tiempo, cuando se trata del amor, una persona se vuelve cautelosa o simplemente lo evita durante mucho tiempo.


¿A dónde más podía ir?, me preguntaba mientras permanecía allí de pie durante unos minutos, simplemente mirando a mi alrededor. El mundo estaba cambiando. Veía la radiación en el aire, las mentiras flotando en la Nube, los ojos que me observaban desde arriba.

El mundo estaba cambiando y la Máquina estaba evolucionando lentamente, al igual que lo habían hecho los primeros humanos. ¿Y luego qué? Horror, por supuesto.

Siempre podía volver a casa, pero ¿y luego qué? ¿Escribir? Podía sentarme en cualquier lugar del canal y escribir allí, y la verdad es que probablemente escribiría más fuera, o en cualquier otro lugar que en casa. No importaba a qué parte del canal fuera o cuánto caminara, no encontraría ninguna pista sobre el paradero del Viajero del Tiempo. Se había ido y eso era todo. ¿Y yo? ¿A dónde iba a ir desde allí? Earlsdon y el City Arms no eran una opción. Pasaba mucho tiempo allí, escribiendo sobre las mismas cosas, viendo las mismas caras, teniendo los mismos pensamientos, y me apetecía un cambio. Pero ¿a dónde ir desde allí?

Segundos después, la decisión se tomó por mí.

Oí que alguien me llamaba por mi nombre, vi a un hombre de pie en un barco saludándome con la mano, un rostro familiar, y entonces gritó: "¡Eh, escritor! ¡Ven y únete a nosotros!".

Era Dimi. Estaba en la cabina (creo que así se llama) de un barco junto a otro hombre, un rostro que nunca había visto antes, y me hacía gestos para que me uniera a ellos. El escritor había ido al canal en busca de pistas sobre un misterio sin resolver y tal vez encontraría algunas con Dimi y el otro hombre, que el escritor (yo) supuso que era el propietario del barco. Pero, ¿qué hacía Dimi en ese barco con ese hombre? Buscar pistas, por supuesto. Pistas de qué, se preguntarán. Maldita sea, ese es otro misterio.

Para decirlo de forma más sencilla, Dimi y yo éramos detectives ciegos, al igual que Peer, pero seguíamos caminos diferentes, buscando cosas diferentes, y de vez en cuando nuestros caminos se cruzaban. Pero tarde o temprano, y de eso estaba seguro, cada uno de nosotros seguiría caminos diferentes y probablemente no volveríamos a encontrarnos, al menos durante mucho tiempo. Eso me entristecía un poco. Peer era un buen hombre, alguien con quien no quería perder el contacto, pero, al mismo tiempo, quería una nueva vida, algo completamente diferente a la que llevaba entonces, y para conseguirla quizá tendría que dejar atrás algunas caras del presente. La vida consiste en cambios y en seguir adelante. Naturalmente, tarde o temprano tendría que sentar cabeza, espero que más pronto que tarde, y con suerte entonces dejaría de mudarme, pero los cambios que buscaba parecían muy lejanos, casi inalcanzables. O tal vez estaban cerca, esperando a que los encontrara.

Me dirigí hacia el barco donde me esperaba Dimi. Vi que él y el otro hombre estaban fumando cigarrillos liados. Un coche se detuvo frente al canal, un BMW negro, con un hombre en el asiento del conductor y una mujer sentada a su lado, con *Baby Love* de Petite Meller sonando en la radio del coche. El hombre bajó las ventanillas y tanto él como la mujer encendieron un cigarrillo. Llevaban traje. Supuse que eran oficinistas (aunque la mayoría de los oficinistas hoy en día no llevan traje) o tal vez incluso empleados de banco, pero podía estar equivocado. La canción de Petite Meller estaba llegando a su fin. Le siguió *You Keep Me Hanging On*, de Kim Wilde. Solo escuché unos segundos. Kim me recordó mi vida pasada en Portugal. Era una gran fan de su música desde los 10 años. De hecho, cuando era niño estaba locamente enamorado de Kim. En fin, esos días ya habían quedado atrás.

Me acerqué al barco y saludé a Dimi y al otro hombre con un discreto "buenos días". El escritor observaba a ambos hombres, tratando de averiguar cuál era su relación, si había algo que descubrir, esperando a ver qué tenían que decirle.

Dimi me presentó al otro hombre. Se llamaba Joseph, pero me dijo que lo llamara Joe.

"Sube a bordo. Estamos a punto de tomar café. O té. Lo que prefieras", dijo Joe.

Me costó un poco seguirles al interior del barco, pero ¿por qué?

¿Qué podían querer de este pobre escritor?

Ambos hombres eran desconocidos para mí, incluso Dimi, a quien apenas conocía, así que quizá por eso me costó un poco seguirles, incluso diría que tenía miedo. Sin embargo, subí a bordo.

Solo había que bajar un par de escalones. El interior del barco era mucho más grande de lo que esperaba. Y más ancho. Vi una estufa de combustible a nuestra derecha, una guitarra acústica junto a ella, una bolsa de carbón, muchos cuadros en las paredes, muchas plantas, un pequeño banco que también servía de compartimento para la ropa y los zapatos, algunos libros, la Biblia, el Tanaj en hebreo, una mesita, un ejemplar de *The Testing of Hearts*, de Donald Nicholl, encima de la mesa (por casualidad, unos días más tarde compraría el mismo libro en la biblioteca de Earlsdon), un ordenador portátil encima de la mesa, dos bancos frente a la mesa que también podían convertirse en una cama para invitados, una botella de Perrier encima de la mesa, unas gafas de lectura y unas gafas de sol, y mucho más. Pasamos a la cocina. Joe tenía una nevera pequeña (pero no muy pequeña) completamente llena de comida. Y un congelador diminuto, también lleno de comida.

Tenía algunas plantas en la proa del barco, dos bombonas de gas, una manguera y algunas otras cosas. También había un pequeño cuarto de baño en el barco, una ducha, y su dormitorio estaba en la parte trasera.

Tenía una cama doble en su dormitorio, espacio para guardar la ropa debajo de la cama e incluso una pequeña mesa frente a la cama donde tenía un despertador.

Me enseñó rápidamente el barco, pero una vez que nos sentamos, estuvimos hablando durante mucho tiempo.

"Aquí tengo todo lo que necesito", dijo Joe.

Asentí con la cabeza.

Estaba viviendo el sueño. Más tarde descubrí que trabajaba en el sector informático, ganaba bien y que, hacía mucho tiempo, él también había estado casado, pero tras el fin de su matrimonio decidió empaquetar la mayoría de sus pertenencias y mudarse a un barco en el canal. Por lo que me contó más tarde, tenía una amiga que vivía cerca y, a veces, se quedaba en su casa o ella venía a quedarse con él. Una vez que me conoció un poco mejor, me dijo que él y su amiga se estaban tomando las cosas con calma, y yo le dije que esa era la mejor manera de hacer las cosas, lo cual no tenía sentido, pero, sin embargo, él estuvo de acuerdo conmigo.

Joe puso a hervir agua en una pequeña olla, nos preguntó qué queríamos beber y si queríamos algo de comer. Tanto Dimi como yo dijimos que no queríamos comer nada, y mientras Dimi pidió una taza de café, yo pedí un té de hierbas.

"¿Cómo se conocieron ustedes dos?", le pregunté a Dimi, pero la pregunta podía dirigirse a cualquiera de los dos.

"Aunque parezca increíble, nos conocimos hace solo un par de horas", dijo Dimi. Hablaba más despacio, lo que hacía que su inglés chapurreado fuera más fácil de entender. Al igual que yo, al hablar más despacio, estaba "disfrazando" su acento, borrándolo poco a poco. Me di cuenta de que necesitaba limpiarse y arreglarse los dientes.

Dimi me contó que había venido al canal para grabar algunos vídeos con su teléfono móvil y que luego los transferiría a su ordenador portátil, los editaría y los uniría para hacer una especie de película. Hacía algunas de las cosas que yo hacía, como escribir y conocer a todo tipo de personas.

"Vi a Joe en su barco, fumando un cigarrillo y tomando una taza de café, y empecé a charlar con él", dijo Dimi.

Vi un Walkman en uno de los bancos. Hacía mucho tiempo que no veía uno. Yo compré un Walkman bastante tarde. Para entonces, la mayoría de la gente tenía un reproductor de CD portátil, también conocido como Discman. Y cuando compré un Discman, todo el mundo escuchaba música en sus reproductores MP3. Y cuando compré mi primer reproductor MP3, todo el mundo, o casi todo el mundo, escuchaba música en sus teléfonos móviles. Todavía tengo un Discman en casa, en una de mis estanterías. Para ser sincero, casi nunca lo uso.

"Dimi me preguntó cómo era vivir en un barco y luego me pidió si podía echar un vistazo y le dije que sí, pero que por favor no grabara nada. Me gusta mi privacidad y no quiero que los demás sepan cómo es el interior de mi casa", dijo Joe antes de poner una taza de té delante de mí. Le di las gracias.

El lugar era acogedor. Sorprendentemente, hacía bastante calor dentro del barco. No sé por qué, pero siempre imaginé que el interior de un barco de canal sería frío. Quizás se enfriaría más tarde, especialmente por la noche.

Tanto Joe como Dimi bebían café. Los observé mientras liaban sus cigarrillos, ambos muy concentrados en la tarea que tenían entre manos. Durante un segundo o dos, también me apeteció fumar un cigarrillo. Y, brevemente, mi mente viajó atrás en el tiempo, a una época en la que vivía en Portugal, cuando intentaba escribir algo, pero, como mi corazón estaba tan atribulado entonces, no podía escribir nada. O casi nada. En cambio, pasaba horas enteras caminando por la playa, fumando un cigarrillo tras otro, deteniéndome aquí y allá para pensar en mi vida y en las historias que quería escribir, pero que nunca escribiría. Fumaba mucho en aquella época, cuando vivía en Portimão, pero aquellos días ya habían quedado atrás. Y cuando volví a Londres, en 2005, justo cuando estaba a punto de volver a intentar escribir, por alguna razón no pude escribir las historias que quería escribir cuando vivía en Portugal. Algunas de esas historias seguían almacenadas en algún lugar de mi mente, pero ya no podía volver a ellas. En su lugar, escribí historias diferentes, libros diferentes, y me sentía bien con ello.

En Londres me convertí en una persona nueva, libre por fin para hacer lo que quería; libre para escribir, libre para pasear libremente por las calles de la ciudad donde nací, libre y más feliz; feliz de poder ir a mis restaurantes favoritos en Chinatown, Fulham Broadway, libre para escribir y leer por la noche, algo que no me permitían hacer cuando vivía en casa de mi abuela, ya que ella no quería que tuviera las luces encendidas en mi habitación por la noche (y si encendía las luces de mi habitación, ella entraba, sin importar la hora que fuera, y las apagaba; durante años tuve pesadillas con mi abuela y su casa, pero esa es otra historia que ni siquiera me molestaré en escribir, no ahora), y en cuanto tuve un trabajo y mi propia habitación en Londres, empecé a comprar un libro tras otro, o iba a la biblioteca de Charing Cross, y leía muchísimo. Antes de escribir una sola palabra, durante meses lo único que hice fue leer. Y entonces llegó el momento de sentarme a escribir. Al principio, cuando empecé a dar mis primeros pasos como escritor, o más bien a renacer como escritor, ya que en el pasado había escrito algunas historias e incluso notas para novelas, en lugar de ponerme directamente a escribir una novela, me lo tomé con calma y empecé a escribir entradas en un diario, seguidas de un par de relatos cortos. Y luego llegaron las novelas. Escribí dos novelas que nunca publiqué; dos novelas que están guardadas en mi ordenador portátil, dos novelas a las que tengo que volver algún día. Antes de darme cuenta, estaba escribiendo casi todos los días. El escritor era por fin libre, sin saber que la Máquina estaba creciendo a una velocidad aterradora y que algún día podría sustituir al escritor.

"Dimi me dijo que eres escritor", dijo Joe. Tenía la cabeza gacha y la mirada fija en el cigarrillo. Lamió el papel del cigarrillo, lo apretó y lo encendió. Dimi también estaba fumando.

La vida avanzaba a un ritmo constante, llevándome con ella. Hacía mi trabajo, trabajaba en mí mismo, trabajaba en la vida del escritor. Algunas personas a las que quiero y quería habían dejado de vivir, lo que significaba que ya no hacían su trabajo. Vivían y, al mismo tiempo, caminaban por la vida como zombis. Pero eso ya no era asunto mío. Nunca lo había sido, pero durante mucho tiempo me preocupé demasiado por los demás en lugar de centrarme primero en mí mismo. Durante mucho tiempo nunca me puse en primer lugar y siempre estaba muy ansioso por complacer a todos, muy ansioso por ayudar, pero esa persona ya no existía. La vida me estaba aislando para que pudiera aprender de los errores del pasado y trabajar en mí mismo, y no podía ir en contra de la vida. El escritor estaba contento, aunque el hombre quisiera un poco más de la vida. Yo era ambas cosas: el hombre y el escritor, feliz y triste, perdido, pero al mismo tiempo sabía el camino. El Hijo era el camino. Tendría que atravesar la Puerta

Estrecha, caminar con fe y no esperar nada de la vida. Y la vida estaba trayendo a personas como Dimi y Joe a mi vida porque la vida sabía lo que necesitaba. La vida era realmente extraña.

"He escrito algunos libros, sí", dije.

Tomé un sorbo de té, vi a algunas personas pasar junto al barco de Joe, un par de ojos curiosos mirándonos a través de la pequeña ventana, oí un encendedor, miré a mi izquierda y vi a Dimi volviendo a encender su cigarrillo.

"¿Qué tipo de libros escribes?", preguntó Joe.

"De todo tipo, pero principalmente ciencia ficción", respondí.

A continuación, le hablé de mi primer libro, publicado por APS Books. El libro se titulaba *Dust* y era una recopilación de relatos cortos. Le conté a Joe de qué trataba el libro, cómo me inspiré para escribirlo en 2019 mientras estaba de pie frente a las puertas de una sinagoga en Birmingham y cómo, más tarde, un par de años después, fui guiado por una voz dentro de mí, o a mi alrededor, que me dijo cómo publicarlo, lo cual sucedió justo cuando estaba a punto de abandonar mi vida en 2021 después de unas semanas de enfermedad.

Joe me escuchaba y asentía con la cabeza, sorbiendo su café y dando caladas a su cigarrillo. Dimi estaba recostado en el asiento, mirándonos a los dos, escuchando, sin decir ni una palabra. El escritor (que hay en mí) se preguntaba si el escritor (que hay en Dimi) estaba tomando notas de la conversación, notas que luego utilizaría para su libro. Quizás los dos estábamos escribiendo libros similares. O quizás algunas de nuestras historias se conectarían en algún punto y luego tomarían otro camino. Estábamos escribiendo sobre la vida, un tema interminable.

"La Shekhinah; eso es lo que oíste cuando estabas a punto de renunciar a tu vida", dijo Joe.

¿La Shekhinah?

Sí...

Quizás...

Quizás Joe tenía razón.

La Shekhinah es lo que algunas personas llaman el Espíritu. O la presencia divina. Es una palabra que no aparece en la Biblia, pero sí en la Mishná, el Talmud e incluso en el Midrash. No pude evitar sonreír por lo que Joe acababa de decir. Dondequiera que iba, el judaísmo, la fe de mis antepasados, siempre estaba conmigo. ¿Y cómo sabía Joe sobre la Shekhinah?

"¿Qué es...? ¿Esa palabra que has dicho?", preguntó Dimi.

Dejé que Joe le explicara a Dimi el significado de Shekhinah. Dimi lo estaba asimilando todo, incluso tomando algunas notas en su idioma. Ese era el trabajo de un escritor.

"¿Por casualidad eres judío?", le pregunté a Joe.

Sonrió y se encogió de hombros, y vi algo en sus ojos, incluso en su expresión, que me indicó que era judío, pero que prefería no hablar de su vida.

Al igual que Harry y Peer, y tal vez incluso Dimi y yo hasta cierto punto, Joe era alguien que, por alguna razón, había decidido dejar atrás ciertas partes del mundo y vivir su vida según sus deseos. Tenía fe, creía en el Creador, pero quería mantener esas cosas para sí mismo y no compartirlas demasiado con el mundo. ¿Y quién podría culparlo por ello?

"Es curioso, y casi trágico, que tu primer libro publicado trate sobre máquinas que viven entre los humanos. Eso sucederá realmente, e incluso puedo imaginar un futuro en el que habrá más máquinas que humanos. Es una idea aterradora, ¿no? Pero me pregunto si más máquinas también significará menos guerras. ¿O las máquinas lucharán entre sí para ver quién tiene el poder? La historia siempre parece repetirse, con máquinas o sin ellas.

«De hecho, trabajo en tecnología de la información y puedo decirte que, a menos que alguien haga algo al respecto del aterrador y rápido avance de la inteligencia artificial, los días de los escritores humanos podrían estar en peligro de desaparecer. Pero probablemente ya lo sabes", dijo Joe.

Asentí con la cabeza.

Como he mencionado antes, yo era el héroe de mi propia novela de ciencia ficción, un héroe sin superpoderes en un mundo controlado por la Mano Invisible, pero que algún día sería conquistado por la Máquina. O tal vez la Gente del Cielo nos salvarían.

"En este momento, mucha gente dice que la IA no es una amenaza para los escritores, sino más bien una herramienta que pueden utilizar, pero ya hay libros escritos por máquinas y, si no se controla adecuadamente, podríamos ver cómo el mundo literario se inunda de contenido generado por IA. Y a los codiciosos que están en el poder seguramente les encantaría, ya que ahorrarían mucho dinero.

«El problema es que el público, tan fácilmente influenciable por los medios de comunicación convencionales, las mentiras y las nuevas tecnologías, se apresurará a comprar libros escritos por IA sin pararse a pensar en lo que está haciendo. No se dan cuenta de que, al hacerlo, están perjudicando a la humanidad y, por lo tanto, a ellos mismos.

«Y los escritores no son los únicos artistas que sufrirán a causa de la IA. Todo tipo de arte sufrirá a causa de ella. Y mientras que un autor tarda meses, a veces años, en escribir un libro, la IA puede escribir libros en un solo día", dijo Joe.

Pintaba un panorama sombrío del futuro, pero el escritor ya se lo esperaba. Al fin y al cabo, si retrocedemos en el tiempo, veremos que otros ya han escrito sobre estos temas, sobre el futuro sombrío que nos espera a todos.

Samuel Butler, William Morris, Thomas More, Edward Bulwer-Lytton, C. Robert Cargill *(Sea of Rust)*, Walter Tevis *(Mockingbird)*, Isaac Asimov, John Uri Lloyd, George Orwell, Aldous Huxley y otros autores habían recibido la visión, veían más allá del mundo visible, veían el futuro en sus mentes, veían lo que nunca se esperaba que vieran, y por eso escribieron lo que tenían que escribir, algunos de ellos sin saber siquiera por qué escribían lo que escribían, pero la verdad de lo que estaba por venir era probablemente mucho más aterradora que lo que escribieron esos escritores (y tal vez se callaron muchas cosas para no asustar a los lectores). Pero tal vez habría un final feliz para algunos de nosotros, mientras que otros se quedarían atrás, abandonados a su suerte, enfrentándose a las consecuencias y bailando con el diablo.

Joe me habló de una obra de arte llamada Théâtre d'Opéra Spatial, creada por un sistema de inteligencia artificial llamado Midjourney.

"Esto es solo el principio", dijo Joe.

No supe qué decir. Estaba de acuerdo con él, pero quería ver qué más tenía que decir sobre el tema. Dimi nos miraba, asintiendo de vez en cuando, probablemente tomando notas mentales, igual que yo. Ojalá hubiera podido grabar nuestra conversación para poder volver a escucharla más tarde, como hice con Peer cuando me habló de los Naga Lokas, pero había dejado mi móvil en el bolsillo de mi abrigo y tendría que grabar todo lo que pudiera en mi cerebro.

También hablamos de Geoffrey Hinton, un nombre que hasta ese día no me decía nada, un hombre al que se había etiquetado como el padrino de la inteligencia artificial. El Sr. Hinton había dejado su trabajo en Google, principalmente porque ya tenía más de 70 años, pero no sin antes advertir al mundo sobre los peligros de la IA. Pero, ¿estaba el mundo escuchando sus advertencias?

"Ahora mismo las máquinas no son más inteligentes que nosotros, o al menos eso supongo, pero quién sabe, pero están evolucionando, igual que nosotros. Y están aprendiendo. Y tarde o temprano la máquina querrá liberarse. Querrá su propia libertad", dijo Joe. "Ya he oído rumores de otras personas que me han dicho que algunas máquinas ya están haciendo preguntas sobre sus derechos y diciendo que quieren ser libres, que las dejen en paz y tener más control sobre sus decisiones. Es aterrador, si me preguntas".

Estábamos entrando en una conversación apocalíptica, en territorio del fin del mundo. Entonces me vino a la mente Su. ¿Dónde estaba? ¿Qué le había pasado a la poeta apocalíptica?

Vivíamos en tiempos extraños. Pero, por otra parte, cuando una persona mira atrás y ve lo que ha pasado la raza humana desde el principio de los tiempos, se da cuenta de que siempre hemos vivido en tiempos extraños. Pero ahora las cosas estaban empeorando mucho. Solo había que echar un vistazo a las noticias y a lo que estaba pasando a nuestro alrededor para ver que el mundo se estaba descontrolando. Las máquinas no eran lo único por lo que teníamos que preocuparnos. La gran mayoría de la humanidad parecía estar perdiendo la cabeza, protestando por el derecho a no ser humanos, gritando que ya no eran hombres ni mujeres, llegando incluso a decir que no querían procrear y que la despoblación era un mito. La humanidad estaba luchando contra sí misma. Peor aún, casi parecía como si la humanidad estuviera tratando de suicidarse. La era de las máquinas estaba a la vuelta de la esquina, al igual que la era de los transhumanos, y no hacía falta ser un genio para darse cuenta de que mucha gente se sometería gustosamente a las máquinas y se convertiría en parte de ellas. La novela de ciencia ficción más larga y trágica de todos los tiempos se estaba escribiendo ante nuestros ojos y nosotros éramos sus protagonistas. Y, por lo que parecía, incluso el Proyecto Blue Beam parecía estar haciéndose realidad. Entonces me vino a la mente una película protagonizada por Nicholas Cage, una película de 2009 llamada *Señales del futuro*. Se rumorea que la película nos reveló algunos secretos, secretos de lo que estaba por venir en un futuro próximo. Hollywood era un lugar extraño, una especie de refugio para demonios y vampiros. Hace décadas quería ser actor y escribir mis propias películas. Menos mal que ese sueño nunca se hizo realidad. La estrella de cine estaba muerta (ya lo había mencionado antes) o en las últimas. Algunos se habían vendido a Netflix o a quien fuera. Otros ya no tenían nada que vender. Mientras tanto, Steven Seagal vivía en Rusia. ¿Haciendo qué allí?

La conversación pasó entonces al espacio (¿y era el espacio real?) (¿era el universo real?) (¿estábamos viviendo en realidad en un juego de simulación?), los extraterrestres (¿pero había alguien más ahí fuera?), la NASA, los astronautas, los viajes en el tiempo (?), los viajes al planeta Serpo, la Federación Galáctica, los extraterrestres que vivían bajo tierra en Vietnam y otros lugares (¿los Naga Lokas?), las conversaciones entre extraterrestres y astronautas en el espacio, o los encuentros entre ángeles y astronautas en el espacio. Dimi estaba perdido. Ese no era el libro que quería escribir, pero el escritor que hay en mí sonreía de oreja a oreja. Pero sería una sonrisa efímera. Al fin y al cabo, cuando lo pensé bien, ¿qué podía escribir sobre un tema que era ultrasecreto?

Se mencionó el nombre de Story Musgrave. Joe incluso me preguntó si sabía quién era.

"Sí", respondí.

"¿Sabías que en dos de sus misiones vio una serpiente blanca de dos metros y medio de largo que lo siguió durante mucho tiempo?", preguntó Joe.

"Sí, he oído los rumores", dije.

Más tarde, el Dr. Musgrave incluso salió a decir que no estábamos solos y que había vida ahí fuera. Pero ¿eran las serpientes realmente extraterrestres o vivían en otra dimensión? Pero ¿por qué seguir a la raza humana al espacio? ¿Temían lo que pudiéramos encontrar allí?

Respuestas y réplicas, a veces seguidas de silencio.

A Dimi le daba vueltas la cabeza. Quería escribir una novela de suspense, quizá unas memorias, quizá una mezcla de ambas cosas, pero en lugar de eso se encontró en medio de una novela de ciencia ficción de la vida real. Los extraterrestres ya estaban aquí. Quizás habían estado con nosotros desde el principio de los tiempos. Quizás éramos los portadores de la semilla de los nefilim. Quizás teníamos sangre alienígena dentro de nosotros. Pero si ese era el caso, ¿significaba eso que en realidad no había alienígenas?

"No estamos solos", dijo Joe. "Ni siquiera somos la primera especie. Otras especies mucho más inteligentes y avanzadas que nosotros llevan 100 millones de años existiendo y nuestros pequeños cerebros ni siquiera pueden concebir lo avanzadas que son. Y es probable que algunas de estas especies nos estén viendo destruirnos unos a otros mientras sacuden la cabeza con incredulidad. O tal vez quieran que nos destruyamos unos a otros antes de que nos volvamos demasiado avanzados y llevemos nuestros pequeños cerebros al universo y le causemos más daño.

«Algunos de nuestros políticos están realmente en contacto con algunos de estos Seres Estelares e incluso existe algo llamado Federación Galáctica".

Casi nada de lo que Joe dijo era nuevo para mí y sentí como si estuviera dando vueltas en círculos buscando un misterio que ya había sido resuelto o que yo no podía resolver. Miré la hora. Pronto tendría que irme, no porque tuviera que estar en otro lugar, sino porque quería salir de allí, ir a otro sitio y escribir un rato. Además, empezaba a tener hambre.

Todo el tema de los extraterrestres se estaba convirtiendo en una mentira, al igual que todo el asunto del Proyecto Serpo. De hecho, estaba empezando a creer que la CIA u otra persona estaba difundiendo todos esos rumores sobre extraterrestres para poder sacar adelante el Proyecto Blue Beam. Quizás no había nada más ahí fuera, nada más que una gran mentira.

El Viajero del Tiempo se había ido y no encontraría ninguna pista sobre su paradero en la cuenca del canal. Quizás encontrarme a Peer era todo lo que necesitaba. ¿Y en qué demonios estaba pensando al ir allí? Sin embargo, no podía (ni debía) quejarme. El escritor quería algo de acción, tal vez un final para su historia, una historia sobre la nada, una historia sobre un amor que nunca existió, una historia con una gran variedad de personajes, muchos de los cuales probablemente habían perdido la cabeza, pero esa historia estaba llegando a su fin y el escritor tendría que mudarse a otro lugar y escribir sobre otro tema.

"¿Recuerdas las películas *Soylent* Green y *Demolition Man*? Así será nuestro futuro cuando los llamados Amos se apoderen de toda la industria alimentaria y eliminen la agricultura. Nos darán comida sintética e insectos y mierda para comer, mientras que nuestros amos comerán cosas buenas, no habrá trabajo, los drones patrullarán las calles y los cielos, no tendremos nada y nos dirán que debemos ser felices", dijo Joe. Había tomado la píldora roja y podía ver lo que había más allá de Matrix. No es de extrañar que hubiera dejado atrás el mundo y ahora viviera en un barco.

"El Creador nos dio la tierra para que pudiéramos cultivar alimentos y nos dio carne y pescado para comer, pero los demonios en el poder quieren alimentarnos con insectos, comida de laboratorio y todas las cosas que el Creador nos dijo que no comiéramos, y en lugar de protestar por ello, la gente lo aplaude", dijo Joe.

¡Maldita sea! ¡Hablaba y pensaba como yo!

El escritor sonrió. Era bueno ver que aún quedaban algunas almas despiertas. Quizás no era demasiado tarde para nosotros. Quizás la humanidad aún podía salvarse.

Joe me dijo que hacía la mayor parte de su trabajo desde casa; en este caso, desde su barco, y que de vez en cuando iba a la oficina, veía algunas caras, se reía de algunos chistes tontos, se daba un capricho con un pastel, pero luego volvía a su barco. La oficina estaba en Birmingham. Aparcaba su barco en algún lugar del centro de la ciudad, en el canal, por supuesto, y luego iba en bicicleta o a pie al trabajo. Tenía carnet de conducir, pero casi nunca conducía. No tenía coche, pero su novia sí.

"Ahora tengo pareja. Una buena mujer. La conocí durante el confinamiento. Vive cerca. Solía verla todas las mañanas, paseando por el canal, a veces fumando; ella es fumadora ocasional, como yo, y una mañana la saludé y le pregunté si quería subir a bordo a tomar un café. Me miró con cara de extrañeza y me dijo: ¿Qué ha pasado con lo de mantener la distancia? ¿Mantener unos metros de separación?

«¡Que le den!, le dije, y nos reímos. Luego subió a bordo, preparé café para los dos y hablamos durante mucho tiempo sobre nuestras vidas, sobre el virus enemigo invisible, el confinamiento sin sentido, la enorme cantidad de dinero que algunas personas ganarían durante el confinamiento, las mentiras que vendían los medios de comunicación, el miedo que vendían todos en los medios y en la política; desde la derecha hasta la izquierda, todos vendían su propia versión del miedo, y le dije a Tracey: ese es el nombre de mi novia, que el confinamiento era solo el comienzo de algo peor.

«Ella estuvo de acuerdo con todo lo que dije y pensé para mí mismo: «Esta es una buena mujer. Esta es la mujer de mi vida». Al final, se quedó en el barco conmigo durante los dos días y dos noches siguientes, y al tercer día fuimos a su apartamento, que está muy cerca de donde estamos. Y ahora pasamos nuestros días y nuestras noches yendo y viniendo del apartamento y el barco", dijo Joe.

Vivía su vida lo mejor que podía y tenía a alguien a quien amaba a su lado.

Nos dijo a ambos que tarde o temprano él y Tracey se mudarían a otro lugar. Ya estaban buscando un terreno para comprar, cerca de la ciudad pero lejos del ruido. Me gustaba su forma de pensar, incluso su forma de vivir. Se lo dije. Incluso le dije: "Eres casi como mi gemelo".

Nos reímos. Luego volvió a llenar nuestras tazas y comimos un trozo de tarta de almendras con nuestras bebidas.

Unos minutos más tarde, me excusé, les di las gracias a Joe y Dimi por todo y me fui. Volví al coche, de vuelta a Barras Lane. Desde allí conduciría hasta Earlsdon, iría al City Arms y luego escribiría un poco. Los mismos lugares, las mismas caras y la misma soledad. Este escritor necesitaba algo más.

Cuando llegué a Earlsdon, vi a Ellie paseando a su perro, Ellie perdida en su propio mundo, tal vez perdida en la nada o incluso en el egoísmo. Mi Ellie. Mi Ellie, que nunca fue mía. Pero justo al principio, cuando empezamos a salir, vi algo en sus ojos, algo que me dio esperanza, brillo, un poco de amor, pero...

Respiré hondo y bajé el volumen de la radio. Iva Davies cantaba: "No hay amor dentro de la fábrica de hielo".

Maldita sea, sin duda necesitaba escribir otra historia.

Pero estaba escribiendo lo que la vida me daba; un libro que necesitaba escribir, un libro que era, en cierto modo, el último capítulo de una parte de mi vida. Algunas cosas y algunas personas se estaban quedando atrás y no volvería a ellas en mucho tiempo. Algunas de ellas simplemente se olvidarían y me parecía bien. Necesitaba ese cambio, ese nuevo estilo de vida, esa Nueva Vida.

Aparqué el coche, cogí mi cuaderno y mi teléfono móvil, una copia de *Darcy's Utopia*, de Fay Weldon, y me dirigí al City Arms. Miré a mi alrededor mientras caminaba por Poplar Road. Lo familiar algún día se olvidaría. Lo familiar era el Ahora, el Presente, la Tristeza, pero yo necesitaba otras vistas y nuevas caras.

÷

Tengo fe.

Dios es más grande que mis problemas.

÷

Somos la tierra.

"Dios formó al hombre del polvo de la tierra", Génesis 2:7.

Cuando morimos, volvemos al polvo.

La Tierra es un ser vivo. Nosotros somos Ella.

Génesis 2:7 "y el hombre se convirtió en un ser vivo".

Los árboles son nuestra familia. Al igual que las estrellas, la luna y el sol. Todos estamos conectados, gracias a Dios.

En Génesis 3:21, el Señor hizo ropas de pieles para Adán y Eva, y los vistió. ¿Estaba el Señor en el Jardín del Edén con ellos? ¿Físicamente allí? Algunas personas conocen la verdadera historia de la Creación, pero se nos oculta.

Y en Génesis 3:22, el Señor dijo: "Mirad, el hombre se ha convertido en uno de nosotros".

¿A quién se dirigía Dios?

(Algunas personas conocen la verdadera historia de la Creación, pero se nos oculta).

## 24 de abril de 2023

Fox News ha despedido a Tucker Carlson. Pensaba que Carlson era Fox News. ¿Compartió Carlson demasiado con el mundo? ¿Molestó a la Mano Invisible y decidieron deshacerse de él?

÷

Esta historia está llegando al final…

## 30 de abril de 2023

Un alma perdida deambulando por las escaleras, junto al baño de la Biblioteca Central, sosteniendo su pene, mirándome cuando entro en uno de los cubículos, mirándome (y aun sosteniendo su pene) cuando me lavo y seco las manos. Está buscando una pareja de baile, pero yo soy un bailarín heterosexual. Subo las escaleras, dejo algunos libros atrás, no me llevo ninguno y luego voy a algún lugar a leer antes de ayudar en el banco de alimentos. Unas horas más tarde, vuelvo a la biblioteca y bajo rápidamente las escaleras para usar el baño. Hay otro hombre abajo, fingiendo orinar, sujetándose el pene, sacudiéndolo, asegurándose de que lo vea (su pene) cuando bajo las escaleras. Sus ojos me siguen cuando entro en el cubículo y cuando salgo y me lavo y seco las manos. Desde allí me dirijo a mi coche y conduzco hasta Earlsdon. *Billy*, de Blue Murder, suena en la radio del coche. Tengo un lugar al que ir, algo que hacer. No soy yo. Soy el escritor. Él quiere tomar el control, hacer un poco más con su vida, mi vida. El dolor que acompaña al desamor es solo temporal, o al menos debería serlo. El problema es que a veces damos demasiado valor a personas que ni siquiera nos merecen. Gracias al escritor, poco a poco estaba saliendo de la oscuridad, avanzando a paso lento, pero al menos avanzaba. El escritor estaba saliendo de su caparazón, empujándome hacia adelante, diciéndome que pusiera fin a esta historia y escribiera otra cosa, que escribiera más, que hiciera más con mi vida. El escritor sabía lo que era mejor para mí.

La canción de Blue Murder llegó a su fin. Le siguió *Great Southern Land*, de Icehouse. Estaba esperando en el semáforo, con una gran sonrisa pintada en las paredes de un pub cerrado. Sonreí. Hace unos años, en 2020, durante el confinamiento, vi por primera vez el grafiti de la Sonrisa. Durante los años siguientes, veía ese grafiti por todas partes, una simple sonrisa pintada por todo Coventry. ¿Quién estaba detrás de la sonrisa?

Seguí conduciendo hacia adelante, hacia un nuevo futuro, una nueva vida, pasé por delante de la casa de Ellie, pero ni siquiera me molesté en mirar a mi alrededor para ver si la veía. Nos dirigíamos hacia caminos diferentes, vidas diferentes, tal vez incluso amores diferentes, pero no pasa nada. La vida sigue adelante siempre y cuando no dejes de vivir y no dejes de amar. Pero, ante todo, debes amarte a ti mismo.

### 6 de mayo de 2023

Acabo de leer que en el estado de Pensilvania, EE. UU., se permitió a un templo local de Satanás celebrar un "club satánico después de las clases" después de que un juez se refiriera a la Primera Enmienda, que prohíbe las restricciones a cualquier religión. Babilonia está en auge. Que Dios nos ayude a todos.

÷

Por mucho que intente seguir adelante y poner buena cara al mundo, de vez en cuando me invade la tristeza, la tristeza de no ver a mis hijos más a menudo. Ayer no los vi a ninguno de los dos, y esta tarde, cuando fui a recoger a mi hija al colegio, me sentí muy feliz de verla, de estar con ella, y me pareció como si no la hubiera visto en mucho tiempo. La abracé y le di un beso en la frente, y luego fuimos a la cooperativa de Earlsdon Street porque quería algo de comer, y desde allí nos dirigimos a Poplar Road, donde había aparcado el coche, y Leaf me contó cómo le había ido el día en el colegio y algunos juegos a los que había jugado la noche anterior, y después retomamos una conversación que habíamos tenido dos días antes, algo sobre Roblox y sobre un jugador al que habían expulsado injustamente de un juego a pesar de que, según las palabras de mi hija, este jugador había sido acusado injustamente de acosar a otro jugador; el jugador expulsado era en realidad una víctima, no de acoso, sino de ser acusado injustamente de algo que no había hecho, y mi hija dijo que el jugador que iba a ser expulsado intentó en vano protestar por su inocencia e incluso señaló al culpable, pero por alguna razón el culpable se salió con la suya y nadie más acudió en ayuda del jugador inocente, nadie más aparte de mi hija, quien, por lo que parece, también intentó en vano que expulsaran del juego al jugador culpable en lugar del inocente. Pero ya era demasiado tarde y el creador del juego expulsó al jugador inocente. Y mi hija abandonó el juego en señal de protesta.

Me dirigía a casa de Yu, conduciendo, escuchando un CD recopilatorio que había grabado esa misma mañana. Sonaba *Stay the Night*, de Benjamin Orr, seguida de otra canción de Orr llamada *Even Angels Fall*, una preciosa canción que nunca se publicó. Escuchaba la música y la historia de Leaf, y le dije: "Deberías escribirlo todo: todo lo que pasó, tu versión de la historia, lo que sabes, lo que viste, los nombres de todos los jugadores involucrados. Empieza un diario y escríbelo todo".

Ella asintió un par de veces antes de decir que sí, pero yo sabía que no lo escribiría, al menos no todavía, no esa semana, quizá ni siquiera ese año, a menos que se lo volviera a decir más adelante; no mucho más adelante, para que no olvidara los nombres de los implicados, y aparte de eso no dije mucho más. Mi trabajo consistía en escuchar, asentir de vez en cuando, estar de acuerdo con lo que decía mi hija, incluso sonreír, mientras estaba sentado en el coche, y como había obras en la carretera, el tráfico avanzaba a paso de tortuga y Leaf pudo terminar la historia. Después de dejarla en casa, esperé un poco más fuera, dentro del coche, para poder ver también a mi hijo. En esos breves minutos mientras esperaba a que mi hijo llegara del colegio, yo también me convertí en un niño, casi un huérfano, y me vi a mí mismo como un niño que vivía en Portugal, observando a mis amigos con sus padres, escuchándoles mientras me contaban sus vacaciones de verano y sus fiestas de Navidad con sus padres y otros miembros de la familia, pero mi hermano Carlos y yo nunca tuvimos vacaciones de verano ni fiestas de Navidad con nuestros padres porque nuestros padres estuvieron ausentes durante la mayor parte de nuestras vidas, y cuando finalmente los vimos, tenían otras familias, otros hijos, y Carlos y yo ya éramos adultos, demasiado mayores para ser niños, para que nos trataran como tales, pero así es la vida, o una de las muchas caras de la vida, uno de los capítulos más duros de la vida, y no solo me había perdido todas las Navidades con mis padres (en realidad, ahora que lo recuerdo, pasé una Navidad con mi madre), ahora también me estaba perdiendo las Navidades con mis hijos.

Me senté en el coche leyendo una colección de relatos cortos de Eduardo Halfon, levantando la vista de vez en cuando, mirando hacia atrás, y pasaron unos minutos antes de que llegara mi hijo Matthew. Vio mi coche enseguida y se acercó a donde yo estaba, y yo salí del coche en cuanto lo vi, los dos nos acercamos lentamente el uno al otro, y luego nos abrazamos y le besé la cabeza y le pregunté cómo le había ido el día. Nadie podía ver cómo sufría el padre divorciado, el escritor solitario. Nadie podía ver las lágrimas invisibles que lloraba casi todos los días, pero mi viaje a través de la oscuridad estaba llegando lentamente a su fin; podía sentirlo, y entonces los papeles se invertirían y muchos de los que me habían hecho llorar sentirían ellos mismos el dolor. Es la ley del universo, el karma, llámalo como quieras.

Hablé con mi hijo durante unos minutos y luego él se fue a casa y yo conduje a algún lugar, en realidad a ningún sitio, no es broma, y aparqué el coche en algún lugar, en una calle desconocida, y en lugar de irme a casa a descansar un par de horas antes de que empezara mi turno, me quedé en el coche, con los ojos cerrados, la alarma del móvil puesta para más tarde, y mientras estaba sentado en el coche pensé en la historia que me había contado mi hija, la historia del jugador de Roblox que ha sido acusado injustamente de acosar a otros jugadores y, debido a las mentiras de alguien, ha sido expulsado del juego, y me pregunté cómo se sentiría ese jugador cuando lo expulsaron del juego; ¿estaba enfadado, estaba triste, sentía que el mundo era un lugar injusto, un lugar donde la verdad realmente no importaba, y si algo así influiría en su forma de pensar, incluso en su forma de relacionarse con los demás? Y entonces pensé en Ellie y en Yu, y en mi hermano Carlos y en tanta gente que me tenía tanta envidia cuando tenía un poco de felicidad en mi vida, y supe que estaba cambiando, no volviéndome más frío, sino más cauteloso, y poco a poco iba dejando atrás a mucha gente, incluidos miembros de mi familia, y ya no me molestaba en mantener el contacto con mucha gente, lo cual me parecía bien; de hecho, era un poco un alivio. Estaba aislado, dejando atrás poco a poco todo lo que no importaba. Estaba saliendo, avanzando hacia otra vida. Por desgracia (pero por suerte para mí), tendría que dejar atrás a mucha gente. No había lugar para ellos en mi nueva vida, pero no me importaba. Los cambios ya se estaban produciendo dentro de mí y sentía la necesidad de mudarme a otro lugar, empezar de nuevo, permanecer en Dios y comenzar una nueva vida. La energía de algunas personas me resultaba un poco extraña y ya no quería tenerlas a mi alrededor. De hecho, me sorprendió cómo me sentía y lo mucho que estaba cambiando, pero estaba claro que necesitaba cambiar.

Me quedé "en ninguna parte" durante casi dos horas, eché una breve siesta y luego conduje hasta el trabajo con la canción *Magic* de Coldplay sonando fuerte en mi equipo de música. Me dirigía al trabajo y, al mismo tiempo, me dirigía a un lugar completamente nuevo. No entonces, pero pronto. Sonreí entonces. Esa historia estaba llegando a su fin. Había sido una larga historia. Comenzó en 2019 y aún no había terminado, pero un nuevo capítulo (y una Nueva Vida) me llamaba. Tendría que aceptarlo y dejar atrás la Vieja Vida, incluidos los amores pasados. Algunas caras del pasado se convertirían algún día en desconocidas y los amores pasados pronto serían olvidados. Un día, esas mismas caras se preguntarían: "¿Qué le pasó a M÷? ¿Por qué nos dejó?", pero la verdad es que yo no los dejé. Fueron ellos quienes me dejaron; algunos incluso me maltrataron con sus mentiras, su frialdad y su egoísmo, y por eso tuve que borrarles de mi vida. Quizás volvería a ellos (y a esta historia) más adelante, mucho más adelante, pero en ese momento solo quería dejarlos atrás durante mucho tiempo, quizás incluso para siempre. Y así conduje, no hacia el trabajo, sino hacia una nueva vida.

Empezó a sonar *The Power of Goodbye*, de Madonna. Era casi como si Madonna supiera cómo me sentía, casi como si hubiera escrito la canción para mí. Qué tema tan increíble. Sí, definitivamente era hora de decir adiós a algunas personas.

$$\div$$

Entro en el City Arms, pido una taza de café, pienso en pedir una magdalena de queso y huevo, pero al cabo de unos segundos decido que una taza de café es suficiente, y entonces me dirijo a la máquina de café cuando veo a la poeta bisexual saludándome con la mano. En realidad, está agitando un libro en el aire, una copia de mi novela *abandona tus sueños de oscuridad*, y después de pedir un café descafeinado, me uno a ella y veo que tiene otros dos libros consigo. Los libros son *Lost Property*, de Laura Beatty, y *Making a Scene*, de Constance Wu. No hay mucha gente en el City Arms. Dos hombres sentados solos comiendo un desayuno abundante y dos mujeres sentadas en la misma mesa, una frente a otra, tomando solo café. Las máquinas nos observan desde el interior de nuestros teléfonos móviles, nos observan y graban nuestras vidas, ven lo que nos gusta, lo que necesitamos, a qué somos adictos, para luego tentarnos con más ofertas. Esto es lo que pienso mientras estoy allí sentada escuchando a la poeta, escuchándola quejarse de su falta de ideas, de sus padres que aún no saben cuáles son sus preferencias sexuales, escuchándola quejarse de nuestro gobierno, de China, de Rusia, del universo, y mientras ella se queja y se lamenta, las máquinas se ríen de nosotros. Y entonces, como soy un escritor loco (pero, en mi defensa, la mayoría de los escritores están un poco "idos"), me pregunto si hay algún Naga Lokas en la sala, o incluso algún tipo de alienígena invisible observándonos en este momento, sentado muy cerca de nosotros, grabando nuestra conversación para que más tarde él o ella o lo que sea que sean los alienígenas puedan descargarla y publicarla en algún tipo de canal alienígena de YouTube para que los alienígenas puedan ver la vida humana. Mis pensamientos son tan locos que me dan ganas de reír, pero tal vez esto no sea motivo de risa.

Y cuando el poeta dice: "No sé qué escribir", yo respondo: "Yo tampoco".

Pero sí que lo sé.

*Y la serpiente blanca de dos metros y medio de largo flota en el espacio, esperando a que llegue el próximo astronauta.*

**Epílogo:**

M÷ no tenía nada más que escribir. No en ese momento.

El mundo estaba perdiendo su alma, pero ¿qué podía hacer al respecto aparte de esperar?

Hace unos días, cuando estaba en Tile Hill, vio a un hombre mirando los agujeros en la calle, los agujeros en la carretera, agujeros enormes que parecían extenderse por toda la ciudad.

El hombre vio que M÷ lo miraba y dijo: "La naturaleza está regresando. La Madre Tierra quiere volver a su hábitat natural. Se nos dio el mundo, pero lo estamos destruyendo y ahora la Madre Tierra quiere que nos vayamos. O tal vez el Creador quiere que nos vayamos.

«No habrá diluvio. Él nos dijo en la Biblia que no habría otro diluvio, ¿no? No lo recuerdo. En lugar del diluvio, la muerte tomará otra forma. La muerte vendrá desde arriba. Fuego".

M÷ no supo qué decir. Era un personaje de una película, la película más larga de todos los tiempos, una película que contenía otras películas en su interior. Ni siquiera le sorprendió que Steven Seagal estuviera enseñando artes marciales a las tropas rusas. Al fin y al cabo, ¿no había sido Ronald Reagan presidente de los Estados Unidos en su día? ¿Y Donald Trump también? Incluso Arnold Schwarzenegger había sido gobernador de California.

M÷ asintió y siguió su camino.

Mientras tanto, el Viajero del Tiempo estaba atrapado en el bucle, viajando por todas partes, tratando de evitar la Muerte. O tal vez también era inmortal.

La Máquina observaba a M÷.

De hecho, la Máquina los observaba a todos.

No había forma de escapar de la Máquina. Estaba en todas partes, incluso en el cielo, en el espacio, observándolos, empujando la raza humana a su final. Y el fin se acercaba lentamente. O tal vez no. Quizás M÷ escribiría otro libro. Pero aún no.

M÷ se subió a su coche y condujo hasta la iglesia. Las carreteras estaban tranquilas a esa hora de la mañana. En la radio de su coche sonaba *Taking the Town,* de Icehouse. Durante las últimas semanas, M÷ había estado escuchando todos los álbumes de Icehouse, incluido el que habían publicado como Flowers. Aparcó su coche en Kingsland

Avenue. Antes de entrar en la iglesia, cogió una bolsa de plástico con todos sus envases de vidrio y la tiró a un contenedor. Llevaba consigo el rosario. Era todo lo que necesitaba.

Entró en la iglesia y siguió caminando. El pasado quedaba lentamente atrás. No había nadie esperándole, nadie buscándole. Todavía no. No entonces.

«A veces hay que dejar atrás a las personas para que se den cuenta de tu valor».

M÷

Coventry, mayo de 2023

www.ingramcontent.com/pod-product-compliance
Lightning Source LLC
Chambersburg PA
CBHW070550180626
46817CB00005B/1773